Le marin à l'ancre

Bernard Giraudeau

Le marin à l'ancre

Roman

Les Éditions Retrouvées

Les Éditions Retrouvées, 2014
avec l'autorisation des Éditions Métailié

ISBN : 978-2-36559-073-0

À Marie et aux « petits soldats »

Un jour tu m'as écrit, comme ça, comme on écrit au voyageur, pour savoir. Tu m'as lancé une bouée à laquelle tu étais accroché. Je l'ai saisie au passage entre deux vagues. Et puis les années... moi qui bouge, toi qui restes, moi qui bouge, toi qui restes — dix ans !

Roland avait une grosse tête douce et intelligente. Il portait des lunettes. Son corps était petit, ramassé, torturé. Il vivait dans un fauteuil électrique qui était sa deuxième peau, son char, sa Formule 1. Une fois corseté, plaqué, sanglé, il était apparemment droit et prêt à l'abordage, le menton en étrave. Il tirait alors son cou vers le haut, vers les autres, ceux qui étaient debout. Le visage de travers, une cigarette au coin de la bouche, il allait pêcher des regards et des sourires. Il puisait la vie sans relâche.

Mon ami Roland était échoué sur le carrelage de Saint-Jean depuis l'enfance. Il fut l'artisan de notre rencontre en 1987. Il bougeait encore les doigts d'une main droite qui commençait à s'engourdir. Il était en sursis depuis plusieurs années et sa survie était exceptionnelle. Il ne voulait plus « voyager » seul, les yeux clos. Je l'ai donc « emmené » là où j'allais en écrivant des lettres que vous lirez peut-être. Nous avons partagé mes voyages jusqu'à sa mort, en 1997. Il avait cinquante-trois ans.

Son char sillonnait les couloirs de l'institut pour aller de sa chambre située au deuxième étage jusqu'aux salles de classe du rez-de-chaussée. Il enseignait à de jeunes « soldats » aussi handicapés que lui. Ces dernières années, il ne bougeait plus que légèrement la tête mais son regard et son rire étaient et demeurent les plus belles réponses à mes lettres. On comprendra qu'elles ne puissent figurer ici mais c'est très regrettable. Un soir, à son initiative comme toujours, il a proposé d'aller *réellement* aux îles Marquises, sans son fauteuil, lui sur mon dos, comme un sac, heureux de partager physiquement pour une fois une aventure avec moi. Le pari fut pris. Ce fut un rêve de plus, un voyage improbable pour ce marin à l'ancre qui est parti un matin de décembre à Hiva Oa sans moi.

Février 2001

Roland,

C'est une lettre sans destination, une lettre réflexe, une lettre morte. Notre dernier rêve aurait vraiment pu nous emmener aux Marquises. Il aurait pu, mais peu importe. Non, cela importe, cela aurait importé au-delà de tout.

La vie a été une drôle de bagarre, mon vieux Roland.

Toi qui savais déjà enfant que le dictionnaire que tu portais était bien trop lourd pour toi et qu'un jour ce serait la couverture de ce dictionnaire qui serait trop lourde, tu as compris que les rêves étaient ta seule chance de survivre. Aussi lyriques et insensés soient-ils, ils t'aideraient à aller plus loin, bien plus loin que prévu. Tu n'aurais jamais dû aller jusque-là, c'était imprévisible pour le commun. Ta curiosité et ta soif te faisaient parfois oublier ce que tu avais sous les fesses. Tu as croisé des femmes et reconnu l'amour. Drôle d'histoire, mon pote. Tu ressentais pareil que nous, tu pleurais pareil, tu aimais pareil et personne ne le voyait. La différence fait peur, à toi aussi. Tu l'as dit : « Je suis handicapé, le valide me fait peur. Je suis homme, la femme me fait peur. Ceux qui tentent de me rassurer sont des tricheurs. Si vous pouviez voir à l'intérieur de chez moi, vous seriez surpris de voir que c'est comme chez vous et qu'en rien je ne diffère. J'étais un petit prof comme un colonel sur son char. J'ai emmené mes troupes de bancals vers des études chaotiques. En avant toute, sans désarmer jamais, avec les pertes d'une guerre impossible : les mômes qui lâchent, ceux qui prennent un mauvais rhume, un coup de pompe, ceux qui s'accrochent une dernière fois avec le regard avant de s'endormir pour de bon. »

Un jour, tu as voulu m'offrir un déjeuner dans un petit restaurant facile d'accès. Tu as signé un chèque de la main encore valide. Je savais que ce serait ta dernière signature et que tu allais écrire désormais avec un bâton dans la bouche sur les touches de ton ordinateur.

Tu as vécu au deuxième étage de Saint-Jean entre les photos de tes amis, les livres que tu ne pouvais pas lire et la musique, celle des poètes, Brel, Ferré, Brassens.

Il y avait toujours des visiteurs : des petits bonshommes à roulettes, avides de ton énergie, les enfants rieurs du premier étage. Les « mal faits », les « pas finis », qui ne marchent plus, qui ne parlent plus mais rient encore. Il y avait des amis, ceux de l'extérieur, ceux qui bougent, les « pressés », les « pas le temps » qui venaient te voir pour apprendre à souffler, toi qui n'en pouvais plus de mal respirer. Tu étais l'empêcheur de pourrir en rond. Tu générais des idées et il te fallait une volonté opiniâtre pour n'en concrétiser que quelques-unes. Les objectifs les plus simples occupaient tout ton temps. Tu entraînais avec toi la vie de Saint-Jean. Tu savais brasser, braver l'immobilisme, terrasser la capitulation. On a eu besoin de toi, toujours.

Toi qui quittas la rive en regardant ton fauteuil comme une peau sombre échouée sur le varech, comme une épave ensablée, te voilà quelque part, ta gauloise au bec, l'œil sur tout, même l'invisible, avec ta force, ta lucidité, ta folie, ton amitié, ton impossible colère, ton secret.

J'ai peint comme j'ai pu les voyages que tu voulais faire avec moi et puis un jour tu as désarmé, tu t'es rendu. C'était trop lourd. Tu me l'as dit avec un regard puis tu as ajouté : « J'ai peur », et moi, ton ami, j'ai compris que tu allais partir pour te débarrasser de ce corps encombrant et que la seule peur que tu éprouvais était celle de faire ce voyage tout seul, sans nous.

B.

La Rochelle, 23 mars 1987

R.

Je suis au bord de la mer. Je vais y bâtir un nid, dans lequel je serai incapable de rester. J'aime le mouvement et je pose des fondations. Peut-être parce que je sais que moi aussi un jour je serai immobile. Alors je construis des navires ancrés définitivement dans lesquels, plus tard, je nourrirai mes rêves. Tu viendras ?

Je suis allé rue de l'Escale et dans le quartier Saint-Nicolas. J'ai traîné dans des rues de la nuit, des rues bourgeoises, sans bistrot, sans lumière. Des rues mortes où on emmenait les filles. On baisait debout, Roland, pour un plaisir furtif, caché, pas toujours partagé. Les matafs aiment ça, baiser debout, sur les quais, derrière les hangars, sur des voitures abandonnées. Un dernier coup avant de monter la coupée. Un coup sans après, sans demain, sans rancune. J'ai oublié les filles. Il ne me reste que les instants et ce qui tombait sous mon regard. C'était le reflet des lampes dans les flaques noires, un type couché sur des cordages et qui nous regardait en se masturbant. C'était la peinture écaillée d'un vieux bidon, des mots, des numéros, des villes : *Hong Kong, Djibouti, Papeete, Inflammable, No Smoking, Danger.*

Il y avait une caisse avec *Balboa* sur laquelle la fille s'appuyait, prise par derrière comme une génisse, une autre avec *Manille.* Une nuit, je suis tombé sur *Veracruz.* J'avais fait la même chose là-bas. J'ai ri, la fille n'a pas compris.

Je suis retourné sur mon quai des Grumes, avant le grand môle, derrière la base sous-marine. Les souvenirs d'enfance resurgissent, chaotiques. Certains s'éteignent à peine enflammés. D'autres se prolongent comme une caresse et tu te retrouves à dix ans sur le port de La Pallice à regarder, le nez en l'air, les grumiers d'Afrique ou du Brésil. Ça sent le bois, ça sent là-bas.

Les troncs se balancent lentement au-dessus des cales. Ils viennent rouler sur les quais entre les dockers habiles. Ça gueule, ça travaille. Tu voudrais déjà aller sur le pont où flotte un pavillon panaméen. Le soleil avant de disparaître allume les bois rouges et la rouille des coques. Là-bas, c'est un Libérien.

— C'est où ça, le Liberia ?

— Un pays libre réservé à tous ceux qui sortent de prison.

— Ah bon !

Tu as dix ans, tu crois tout ce que l'on te dit. Tu as déjà vu les grandes grues des quais, Roland ? Le soir, elles s'immobilisent. Elles ressemblent à de gros insectes en attente. Tu regardes les lumières des coursives, les ombres entre les containers, un chien qui pisse, une grosse écorce échappée d'un tronc. Une haussière se détend, c'est l'heure de la marée montante. Des voix étrangères racontent des histoires. Ça finit par un rire ou une bagarre. Tu vois qu'il y a de quoi nourrir l'imaginaire. Tu as dix ans et tu es déjà parti. Une bouteille se brise. De la vapeur s'échappe d'un carré. Il y a une odeur de cuisine grasse, d'effluves de pétrole, de peinture. Cette odeur-là tu la reconnaîtras partout, la même odeur ou presque sur tous les bateaux du monde.

Deux phares balaient le silo puis s'éteignent, une portière claque. Un type grimpe la coupée et disparaît dans l'ombre. Tu frissonnes. Tu es bien. Pourtant c'est l'inconnu, mais tu es chez toi. Tu as dix ans et tu passes avec ton vélo sans lumière sur le boulevard de la soif. C'est encore le port. Il y a des bistrots, des bordels. Tu roules lentement, le cœur battant. Tu scrutes l'interdit. Il y a des dos enfumés, des gueules qui se retournent sans te voir. Des filles qui collent, qui rient. Il y en a une très maigre avec de grands yeux noirs enfoncés. Elle a une bouche violette. Elle repousse un type déjà saoul. Il y en a une avec des rangs de grosses perles comme des cartouchières. Elle relève sa jupe sur des cuisses bleues. Elle a écrasé sa cellulite sur le tabouret du bar. Tout le monde se marre, sauf la bouche violette. Tu as dix ans et tu regardes. Un type sort pour dégueuler. Tu as honte qu'il te voie. Hoquets et cascades lie de vin.

— Qu'est-ce que tu fais là, petit ? Tu cherches ta mère ? Ginette, qui c'est le gamin ?

— Je m'en tape du gamin, ferme la porte et essuie-toi.

Tu verrais ta gueule en rouge et bleu sous les néons. L'Éden, le Caraïbe, le Bambou Bar. Il est tard et tu files à la maison.

Avant de t'endormir, tu attends le dernier train, le seul, l'unique train qui passe derrière la maison sur une grande butte. Toutes les nuits à la même heure, infailliblement, un long grondement le précède. Les grands troncs sont entravés par de grosses chaînes noires. Même la nuit, tu les vois. Sur une chaise, le livre d'école est toujours ouvert à la page Afrique. Il y a la photo noir et blanc d'une grande forêt au Cameroun, des types sont debout sur les troncs géants couchés sur la terre, alors c'est facile de partir là-bas, surtout à dix ans. C'est facile d'emporter tout ça. Tu fermes les yeux et tu te retrouves assis à côté de lui, sur le siège défoncé d'un dix-huit roues. Tu as le cul sur un sac de jute qui sent le poisson fumé, très fumé.

Lui, c'est la Flèche de Yaoundé. Il tient le volant à deux mains, des mains noires, très fines, curieusement délicates. Il sourit comme un enfant au manège. Il essuie la sueur de son front avec le chiffon gras qui traîne sur le tableau de bord.

Tu regardes, effrayé, la route de terre qu'avale sans fin le panoramique du pare-brise. La cabine engloutit tout. Ça descend comme un toboggan.

— Plus tu roules vite, plus vite tu arrives. Je suis payé au tour, mon frère. Si mon camion s'arrête au milieu de la prochaine côte, je finis en première et l'autre me rentre dans le cul.

Alors tu regardes dans le rétro, le gros nuage ocre en tempête qui suit ton cercueil. Tu espères que les billes sont soigneusement arrimées. Tu as tellement peur que tu en arrives à espérer que ce soit un blanc qui ait fait le travail. Raciste. Tu pries n'importe qui pour que personne n'arrive en face et qu'aucun enfant des villages de bordure ne poursuive un ballon ou une chèvre échappée. Le sac de jute très fumé te colle aux fesses.

— Au retour, j'achète du poisson au marché et je le ramène à la case.

D'où la double utilité du sac. Tu finis par t'habituer et tu t'émerveilles de la poussière d'or qui retombe doucement sur le bord de la route. Tu regardes enfin les grands arbres de la forêt, les deux falaises vertes qui filent de chaque côté du camion. Tu aperçois les troncs droits infinis, les grands fûts comme ceux que tu as derrière toi.

— Si tu freines un bon coup, pour éviter un homme ou un troupeau, ils continuent la route sans le bahut avec la moitié de ton corps arraché à la cabine. Alors tu ne freines jamais.

— Et si un taxi brousse arrive en face ?

— Tu freines jamais. Il dégage vite fait, il sait, il est habitué.

— Et si le taxi n'a pas eu le temps de dégager ?

— Boum ! On continue.

— Et si dans le taxi brousse il y a une de tes femmes et tes gosses ?

La Flèche de Yaoundé se retourne alors vers toi, la bouche ouverte. Il te regarde comme si tu étais de l'autre royaume, celui de ses ancêtres. Tu lui demandes gentiment de regarder la route. Après un grand temps de récupération, il te tape sur la cuisse en riant.

— Oh là là, tu es un bandit toi, tu veux la mort ? T'inquiète pas, mon frère.

Mais le frère, lui, crève de trouille et il fixe, affolé, soudain croyant, les grigris qui se balancent au rétro.

Plus tard, la forêt finit par s'enfuir au profit d'une savane maigre et desséchée. Au loin au bout de la piste, dans le port, un bateau attend. Il ressemble à celui que tu as vu quelque part, là-bas, le long d'un quai avant de t'endormir. Le rêve s'étiole. Tu reviens dans ton lit, près de la voie de chemin de fer.

Je t'ai enregistré *Le Petit Prince* pour tes élèves.

Je t'apporte ça dimanche.

B.

Avril 1987

R.

Je pars pour la Yougoslavie à la recherche d'un décor pour *L'Autre,* d'après le roman d'Andrée Chédid. Depuis que j'ai lu ce livre, il y a quinze ans, je n'ai cessé de vouloir en faire un film. Un producteur américain avait les droits. Il vient d'abandonner. Je respire.

L'avion pour Belgrade a du retard. Je te poste ce bref résumé très décourageant.

« À l'aube, dans un village, un vieil homme voit des volets bleus s'ouvrir sur le visage de la jeunesse. Il regarde l'eau de la fontaine se tarir. Il entend un grondement. Il voit son chien disparaître et le jeune homme s'évanouir dans la poussière ocre, le visage illuminé par les premiers rayons. Le vieil homme fixe cette image de l'Autre qui lui souriait à la naissance du jour. Une secousse. Le temps d'une secousse qui heurte la vie, quelque part, n'importe où, et tout s'arrête. Après les cris, le silence. Après l'espoir, l'anéantissement. Le vieux s'obstine à croire que la jeunesse ne peut pas mourir. Il attend des jours et des nuits jusqu'à la renaissance de l'Autre. »

Personne ne veut de cette histoire. C'est un film qui désespère de voir la moindre file d'attente à l'entrée des cinoches.

Mais j'aime ce voyage. Je vais le faire.

B.

Belgrade, avril 1987
Repérages pour le film L'Autre

Jeudi 8, 14 heures

R.

Belgrade est grise. Je devine deux pigeons sculptés dans la pierre. Ils sont un peu flous. Je fais le point. C'est un couple niché dans une arche lézardée. Le mur a des frémissements. C'est un mur de pigeons dégoulinant de fientes. J'ai horreur des pigeons citadins. Leur dépendance me dégoûte. Ils sont repus de sécurité, le cou engoncé dans des plumes gonflées d'orgueil. Ce sont des pigeons bourgeois engraissés de déjections. Il pleut une eau glacée. C'est le printemps. L'hôtel Moskva est hanté par les courants d'air. L'intérieur est si joli qu'il ne faudrait qu'un peu de soleil pour l'enchanter. La place est sinistre. Elle ressemble à une soupe froide, figée. Dans la salle à manger, sous le lustre éteint, s'élargit une tache sombre. Une eau trouble dégouline dans un seau déjà plein. *Beograd,* la ville blanche ! Sous la neige peut-être !

Mia, la compagne croate d'un ami français à Belgrade est venue me rejoindre. Elle m'accompagnera.

Nous errons à la recherche d'un bon café. Rien ne fonctionne. Le parc bouge doucement. Demain, nous serons à Dubrovnik.

Dimanche, 13 heures

Les repérages commencent. Je rêve d'un étonnement partagé. Il doit bien y avoir le village que je cherche, une évidence émouvante. Une lucarne en 1.66. C'est un film en noir et blanc. La côte adriatique est baignée par une bruine tiède qui peut vous mener directement à la crise de nerfs ou à la léthargie définitive. Les îles sont posées sur la mer. Une mer à peine troublée par la pluie, un miroir qui tremble, gris, sans émotion. J'ai du mal à imaginer cet *Autre* dans ce paysage mélancolique. Il y manque la sensualité, le dépouillement, une apparente aridité. Je dois marier la musique en évidence avec le paysage, la voix du vieil homme avec les couleurs. Il me faut l'ocre et la chaux éblouissante. Je rêve d'empreintes au henné sur le bleu des volets, de murs qu'on écaille avec l'ongle pour lire le passé. Dubrovnik hier soir était si gaie, avec une jeunesse mouvante, gracile, une jeunesse qui vous donne le tournis. J'avais faim de bonheur. Mia est délicieuse. Elle a les cheveux au carré, un petit nez et les yeux très noirs. Elle a des mains d'enfant, un rire de petite fille. Elle a peur de tout. Elle parle beaucoup avec un accent désarmant, un flot de paroles qui se termine par :

— J'aimerais être actrice.

Silence. Le premier depuis longtemps.

Vendredi soir, 16 avril

Crevaison, pluie, trempé. Pas de chambre. Rien, le désert. Un port, enfin. Un bistrot en bout de quai. Échouage comme les marins en bordée. C'est Police à Mljet, vin blanc, sommeil. Ça gueule, ça fume, ça s'oublie. Personne ne fait attention à la petite poupée croate. Mia a mangé une pomme et s'est endormie sur la table. J'écris. Parfois, je la regarde. Elle est jolie. C'est drôle, je n'ai pas envie d'elle.

Je dois trouver cet endroit. Il existe, je le sais.

Mardi 20 avril

Réveil en fanfare par les cylindres agacés d'un bus qui se chauffe sous ma fenêtre. Il avale une cohorte d'Allemands bedonnants et cacochymes.

La température descend vers très frais. Rendez-vous à la mairie. Le fonctionnaire est un futur retraité rétréci, déjà très rétréci, presque absent. Deux profils collés, comme dirait mon ami Lanvin. Une tête à jouer aux fléchettes. Un peu de corruption, beaucoup de laxisme, une bonne dose d'incompétence, deux tiers d'ennui, vous pétrissez quelques années sans y ajouter la moindre responsabilité et vous obtenez des faces de culs foutus, résignés, laminés, des hommes et des femmes parfaitement dépossédés de leur identité, de leur sensualité, imbaisables ! Bref, patience.

Bref : interjection d'importance répétée à maintes reprises par une grand-mère Gabrielle. Bref : quand on a rien à dire, ou plus rien à dire. Bref : pour faire peur au silence, pour ponctuer l'inutile, pour être sûr d'être en vie.

Samedi 24 avril

Vers Split — côte brodée —, bord de terre inépuisable. Mia aussi ! Elle raconte sa vie d'étudiante à Belgrade, la famille, les petites guerres. J'aime mieux quand elle chante. Elle accompagne ma route. Quand Mia somnole, je me sens seul. Sa voix me rassure. Zadar — les îles Kurnati —, j'erre comme un possédé à la recherche de mon décor. Je n'ai rien noté. Réveil à six heures pour Pag.

L'île est blanche, sans végétation. Le vent et le sel ont tout brûlé. Au sud, quelques arbres résistent entre les failles rocheuses. J'exulte, c'est là !

Le vent doit rendre fou. Pas sommeil, levé cinq heures, toujours le vent. Le son sera impossible. La poussière blanche partout. Une gueule venimeuse crache son hostilité. Les autres m'ignorent. Pourtant, hier il m'avait semblé qu'une vieille peau tannée m'avait souri. Rides rieuses et mains de parchemin froissé. Tout est moins bien soudain. J'ai envie d'un café.

Mercredi 28 avril

J'ai écumé la côte jusqu'à Kotor. Kotor répétée à l'infini tout au long de la route comme un train essoufflé. Kotor la magnifique, mélancolique toujours.

Frontière albanaise au Kosovo. Pas très accueillant. Je repense à la guerre albano-serbe. Le beau visage de Mia s'est figé au seul nom de Kotor. Sourdes querelles. Elle a refusé de m'accompagner jusque-là. Adieu Kotor, gardienne fragile d'une paix provisoire. Retour vers Dubrovnik où j'ai retrouvé Mia. Elle est heureuse, moi aussi. Il y a trois presqu'îles, trois doigts d'une énorme patte de reptile que nous n'avions pas vus. C'est l'apocalypse, une terre brûlée par un gigantesque incendie. C'est la dernière heure du jour. Un scarabée a des reflets bronze et or. Il roule une boule d'excréments. Tout est signe. C'est un accouchement heureux. Enfin la paix. Fatigue — deux kilomètres de coursives dans l'hôtel allemand de Slona, paquebot en béton coulé pour touristes germains. Il y en a de la poupe à la proue, sinistre. On ne parle qu'allemand, on vit à l'allemande. Je tombe sur le lit sans l'ouvrir. Debout sept heures. Petit déjeuner allemand, charcuterie allemande. Pas un sourire. Je ne fais aucune tentative pour être aimable. Retour à Doli sur mon décor. Je ne sais plus. Rendez-vous avec les profils collés. Il faut tracer une route. Combien pour une route ? Dix millions de dinars. Cinq millions de francs, c'est irréel, ébouriffant, c'est un cauchemar. Je ne viens pas d'Hollywood !... Ici, c'est le prix pour un chemin de terre : l'escroc aiguise un sourire. On m'entraîne par le bras. J'allais être violent. Cafard monstre. Énergie et plaisir émoussés. Je vais quitter la Yougoslavie et Mia. Elle pleure un peu. C'est la coutume, me dit-elle.

— Je t'écrirai.

— Menteur.

— Et toi ?

— Je t'écrirai.

— Menteuse.

Elle rit.

B.

P.S. Il faut aller à Chypre. Michel Cacoyannis me l'a conseillé. Je te raconterai.

Francisco Rabal a accepté de jouer le rôle principal. J'aime sa voix grave, rugueuse comme la pierre chaude.

Chypre, Larnaka, avril 1988
Tournage de L'Autre

R.

Le village est détruit. Les ruines forment un hémicycle comme un théâtre grec. Il y a l'harmonieuse courbe des collines, la mer, les figuiers de barbarie, le chemin qui s'éloigne sans fin tout là-bas entre les mamelons bleutés. Il y a des façades blanches, du vert amande et du safran. Les ouvriers chypriotes sont doués. L'impression est saisissante. Derrière, il n'y a qu'échafaudages et béquilles de bois. J'aime ça. Je ne dors déjà plus. J'ai trouvé un caroubier mort à la frontière turque, un bel arbre déshabillé de son écorce, argenté comme un bois flotté. Nous l'avons ramené dans un camion avec des précautions d'archéologues. Tu imagines la curiosité amusée des paysans. Je tiens beaucoup à cet arbre dans le décor.

Nous avons eu quelques ennuis à la frontière turque. La brûlure est vive, l'île est coupée en deux. Pour combien de temps ? Nicosie a son mur, comme Berlin. L'oncle est au nord, le cousin au sud.

Ici on ne vole pas, on ne prend pas, on donne. Tu laisses ta montre dans un café ou sur le bord d'une fenêtre, tu reviens le lendemain, elle y est toujours. Si elle n'y est plus, tu attends un peu, quelqu'un va venir sur le pas de la porte, il va te regarder en souriant et il te tendra ta montre dans un papier journal. Les Chypriotes ne pensent qu'à faire plaisir, ou bavarder autour d'un ouzo et d'octopus grillés. Tu aimerais les mezzés, l'agneau confit cuit avec des pommes de terre. Ça mijote pendant des jours sur la pierre chaude dans le jus, l'oignon, le citron, l'ail, le romarin. On casse la porte du four et les parfums envahissent l'île. La lumière est dans le vin, dans l'eau. Aphrodite y avait son bain. Tu aimerais les danses, les chants.

Tu rirais à voir casser les assiettes que l'on jette après le repas, sur la piste, comme un partage à vivre. C'est une façon de briser la glace, d'oublier les vieilles querelles et les rancunes. Un foulard passe de main en main. Il y a des caresses innocentes, des paupières baissées, des cous qui attendent un souffle, un baiser. C'est très gai, Roland.

Avec ton fauteuil calé sous le caroubier, tu aurais l'air d'Achille. Toi, tu sais bien qu'une flèche au talon ne peut pas te faire basculer dans l'au-delà. Des flèches, tu en as partout. Ta mécanique est bardée de clous et tu n'en fais pas un mythe. Francisco Rabal est arrivé. Il tourne entre les pierres, dans la poussière. Il s'assied en murmurant son texte, il est magnifique. C'est l'Olympe, mon vieux Roland. J'ai beaucoup de chance. J'ai enfin trouvé la petite fille. Elle est troublante de beauté et d'évidence. Elle tenait sa petite sœur par la main dans une rue de Larnaka. Elle vient du Liban. Il pleut des bombes sur Beyrouth. Elle est réfugiée chez un oncle de Linasol. Elle est traumatisée par la guerre. Je l'ai emmenée dans une pièce pour les essais. Il faisait noir. Quand j'ai allumé la lampe, elle était pétrifiée, serrée contre sa sœur derrière le lit. J'étais démuni.

Il y a un acteur chypriote assis sur l'aile d'un camion militaire. Il chante *a cappella,* divinement, puisque nous sommes sur l'Olympe.

Salut l'Achille.

B.

Chypre, Larnaka
Mai 1988

R.

Jour de tempête à Larnaka. J'ai dormi dans une caravane sur le plateau. Elle flotte, me croiras-tu ? Noé est tout seul au milieu du déluge. Il ne pleut que dix fois par an et jamais à cette saison. C'est un endroit des premiers matins, nu, paisible, que l'histoire du monde laisse indifférent. C'est un endroit sans rumeur, sans cri, où rien ne se passe, jamais, sauf aujourd'hui. Je veille depuis l'aube. Mon arche résiste. Des trombes d'eau s'abattent sur mon décor de théâtre, les façades en trompe-l'œil, la fontaine en carton. Apparemment, tout tient. Un gros crabe rouge brave la marée d'eau douce et tente d'approcher mon habitat amphibie. On vient me tirer de là sans doute. Le bulldozer hésite dans le fleuve de boue. Il étire sa pince pour sonder le chemin. Il titube. Retour à Larnaka sous les eaux. Il y a des sacs de plastique qui flottent comme de grosses méduses. Qu'ont-ils fait, les pauvres, pour que les dieux leur balancent de la flotte ? Il faudrait interroger la Pythie mais ici, tout le monde s'en fout. Les pieds dans l'eau, la tête au soleil, on s'y retrouvera toujours.

Que fais-tu ?

Chez toi l'attente n'est pas passive, même si elle est imposée. Elle est acte. Tu rêves de marcher pieds nus sur des galets tièdes. Tu es capable de sentir le sable se retirer sous tes pas après la vague, de braver la dune avec cette silice blonde qui s'écoule entre des doigts qui ne sont pas les tiens. Moi, l'attente m'échauffe, m'impatiente. Je veux tout ce que tu rêves. Je veux le mouvement toujours. Je m'enivre dans une valse chaotique. Je tente toutes les vibrations. J'ai des excitations d'enfant, des peurs délectables.

Tu comprends ça, toi !

B.

La Baule, 16 mai 1989
Festival du film

R.

Je t'ai oublié, des jours et des nuits dans une salle obscure, auprès d'une monteuse attentive. Nous avons construit ce film, coupure, collure, bobine après bobine. Avant-arrière pour ce drôle de voyage. Raccord dans le mouvement. Un geste arrêté. Et me voici comme un enfant inquiet avec ma copie à remettre. J'ai attendu derrière la porte de la grande salle de projection. J'avais peur de m'être trompé, que l'on n'aime pas cette histoire. J'entendais par bribes la voix de Sim et celle d'Aga. Il y avait un drôle de silence de l'autre côté. J'étais noué, impatient d'entendre le générique de fin.

Quelqu'un a poussé la porte pour moi. La salle était debout. J'ai pleuré, je pleure facilement, c'est vrai. J'avais un peu honte tout de même. J'ai l'air si avare de mes sentiments. Ma pudeur en a pris un coup.

À tout de suite.

B.

La Rochelle, juillet 1991

R.

Je ne t'ai pas emmené en Italie, à Perrugia, en Ombrie. Le tournage était ennuyeux et le film ne sera pas un chef-d'œuvre.

Si tu le souhaites, il y a une place pour toi dans mon kayak.

Je m'entraîne pour un raid dans l'océan indien.

Départ de La Rochelle par mauvaise mer pour un tour de Ré — vent force 4 à 5 avec rafales sous orage. Concentration pour ne pas chavirer, l'eau est fraîche malgré juillet. Nous passons Lavardin puis Chauveau. Le pertuis d'Antioche se fâche. Marée montante, courants contraires. Nous pagayons ferme et régulier. Je tente de ne pas perdre de vue le bonnet de mon frère qui est toujours devant. Il disparaît dans la houle à l'approche de la nuit. La côte s'allume. Le rideau se lève sur la voie lactée. Pas de fanal à bord pour navigation nocturne. Prudence. Droit devant le phare de Chanchardon. Un cargo rejoint La Pallice. Feu rouge bâbord. Comment tu te sens, Roland ? Silence. Nous croisons la Gollandière. Quand j'avais neuf ans, je venais dormir sur la plage avec les scouts. Les aînés avaient organisé une attaque de contrebandiers. J'y ai cru. C'était déjà du théâtre et je ne le savais pas. La Houle Longue est une montagne d'eau qui cache par intermittence la ligne sombre de la côte. Chanchardon est enfin doublé. C'est le jusant. Très peu d'eau aux abords des ours et de la banche. Navigation dans les algues laminaires à fleur d'eau. Enfin, le phare, bivouac aux Baleines. Une heure de portage jusqu'à la plage à marée basse. Après dix heures de pagaie non-stop, c'est normal que tu fasses la tronche. De nuit sur les rochers et le varech, c'est le casse-gueule assuré. Installation d'un nid. Feu de barcasses en débris. Parmentier lyophilisé, un sommet de l'art culinaire. Une bouteille de rouge un peu brassée mais miraculeuse. Tu n'avais rien dit jusque-là mais le coup de rouge, ça remonte un homme. Je te cale dans un lit de sable. Dodo, l'Immobile. Saint-Jean aussi doit être calme à cette heure. Nuit de paix réparatrice avec un vent infatigable. À l'aube, café et pain sec. J'ai oublié le beurre. Vêtements trempés. On repart. Un nuiteux à la pêche, ivre de houle, nous évite de justesse. À l'arrière, au chalut, le ciré vert distrait nous regarde, hébété. Pointe du Lizay, pointe du Groin et vue des Islattes. Interminable. Vent debout jusqu'à Sablanceau. Ça brasse dans le pertuis breton. Ce n'est rien à côté de ce qui nous attend sur les côtes malgaches. Arrivée 16 heures à La Rochelle. Vingt-deux heures de navigation pour quarante-cinq miles. Ne te plains pas, tu n'as pas pagayé. Tu as regardé les mouettes rieuses se foutre de notre gueule. Tu n'as pas fumé pendant vingt-deux heures. Ah si ! Au bivouac, une vieille braise emportée par le vent.

B.

P.S. Ne traîne pas trop dans les couloirs de Saint-Jean, tu as le rhume facile. Tes bronches ronchonnent. Tu tousses ? C'est pas la clope, c'est la peur de l'hiver, bien sûr.

L'île Rouge, novembre 1991

R.

Antananarivo, Tananarive sur l'Île Rouge entre les collines sacrées. Je connais bon nombre de villes, dans le monde, qui ont leurs collines sacrées. Madagascar, morceau de l'Afrique détaché du grand continent. À peine arrivé, tu essayes de deviner les parfums. Le métissage des peaux, les odeurs, les couleurs bousculent. Tu sors d'une cabine pressurisée, aseptisée, avec ta gueule de blanc anémique et une vague te noie sans prévenir. Il faut du temps, comme un bain chaud. J'aimais bien les arrivées en bateau. L'île à peine visible offrait déjà son odeur de vanille et d'orchidées sauvages. Dans la baie de Diego, c'étaient les bougainvilliers. Il y avait le temps pour l'impatience, le temps pour l'imaginaire, le fantasme. Deux jours avant déjà, à la machine, tu rêvais de ce morceau de terre, de l'inconnu, des filles à prendre. Les vieux marins affabulaient sur les croisières passées. Tu préparais ta venue, ton voyage en *terra incognita.* C'était pareil à Papeete. Tu voyais le volcan, la barre de corail en écume. On te parlait du Queen's, du La Fayette, des vahinés lascives. C'était pareil aux Marquises, aux Antilles. C'était pareil partout ailleurs. Que tu aies lu ou non, tout se réinventait. L'histoire te mordait au ventre, comme le désir.

Je te parlais d'Antananarivo, une bouffée. À la descente d'avion, la vague te noie. Il faut faire de l'apnée avant de remonter à la surface et te faire à l'idée qu'hier tu étais en hiver. On t'impose l'ivresse immédiate, abrupte. Les marchés sont une mer de parapluies. La pauvreté ne t'a pas échappé. Elle te saute à la gueule. Avec un franc ils peuvent manger, mais ils n'ont même pas un franc.

Tu achètes des conneries au marché Zoma, des copies de statuettes érotiques Vézo Sakalava. Tu traduis le prix en repas pour les mômes. Ça t'effare et tu oublies.

Il y a un vertige qui provoque l'impuissance. Tu iras courir dans les rizières de Hady, impraticables pour ton char, ton scarabée. Tu aimerais cette île. C'était celle des Wazimbas. Il n'en reste plus, peut-être une tribu dans les montagnes du Centre. C'est l'île des Bantous, des Indonésiens, des reines déchues, de Jean Laborde. C'est l'île du sourire malgré la misère, l'île de la paix pour quelque temps encore. Ici on fête les morts, on les promène, on les nourrit malgré la disette. On les prie pour qu'ils laissent les vivants en paix, pour qu'ils les accompagnent jusqu'au jour où eux aussi tourneront le dos pour aller dormir dans l'autre monde. Un mort ne disparaît pas. Il est comme le sel qui fond dans l'eau. Parfois il s'incarne dans le crocodile. Nous traverserons beaucoup de cimetières vivants. Pour ce voyage, il nous faudra ne pas négliger les croyances animistes, croire au fétichisme et consulter le sorcier. Tu peux croire en Zanahary, c'est un dieu qui ressemble au tien. Les missionnaires n'ont pas eu trop de mal. Il ne faudra pas violer le *fady,* l'interdit. Tana du passé, du colonialisme, se meurt doucement. Il y a les irréductibles, mais ils mourront eux aussi. Tana enivre. Tana s'accroche à ses collines comme au cœur des voyageurs, qui pourtant ne rêvent que de partir. Ils veulent aller vers le nord à Antseranana, à Tuléar et Fort Dauphin au sud, vers l'est à Tamatave. Tu n'échappes pas à la démangeaison, ce n'est pas à Antananarivo que tu dois rester. Tu files sur Morondava, l'avion russe survole le Makaï, ouvre sa tranche arrière et te voilà avec les autres, par grappes, à quatre mille mètres dans le ciel malgache. C'est la première fois que l'on saute sur le désert du Makaï en chute libre. Salto avant, arrière, rotation à trois cent soixante degrés, coup d'œil sur l'altimètre et ouverture de la voile à mille mètres. C'est une splendeur crevassée de canyons. Il y a le partage des eaux à la saison des pluies et très vite derrière, la sécheresse qui donne le souffle court, la bouche sèche et l'obsession du marigot. En bas, c'est un four. Un coup de chaleur te casse, mais tu continues. Tu as promis de ne pas abandonner, jamais. Tu dégueules tout ce que tu bois, ce que tu manges. Tu as froid dans la fournaise. Tu as la fièvre. Les copains te tirent. Le frère t'aide patiemment. Tu avances et après trois jours d'enfer, tu renais sur la terre. Ce qui suivra sera inoubliable.

Les nuits sans dormir, les marches dans la forêt des Mikéas sous la pleine lune. Les traces des mystérieux petits hommes que tu ne verras jamais. Il y aura une nuit d'orage sous un mince carré de toile, serrés les uns contre les autres, tourmentés par la foudre. Nous regardions, impuissants, transis, silencieux, ce spectacle diluvien. Il faudra attendre l'aube pour repartir et traverser une partie du désert. Il faudra contourner les canyons. Difficile de croire qu'il y avait des forêts. L'eau ravine la latérite. La boue devient terre cuite brisée jusqu'au ventre de la terre. Survivent quelques tamariniers, des acacias, des euphorbes. Les épineux te griffent, s'accrochent, te retiennent. Nous ne verrons personne pendant trois jours.

Plus au sud, les pasteurs Baras gardent leurs troupeaux de zébus. On dit qu'ils détroussent le voyageur. Aucune preuve. Ils pratiquent le vol de bétail.

Perdus dans le bush aride, une femme nous accompagnera jusqu'au bord de la Mangoky, la rivière aux crocodiles. De l'eau, enfin. Elle est bouillante. Un bain chaud sous un soleil qui fond. Tu te vides par tous les trous du corps et tu revis. Les crocos ? Plus bas. Il y aura cette longue descente sur la rivière. Elle est infestée de sauriens. À voir. Bivouac sur les rives. Prudence. Mais les ancêtres incarnés respecteront les étrangers. Ils ne croqueront pas les esquifs et les voyageurs à chair blanche. J'ai vu les papillons blancs du fleuve tournoyer jusqu'à l'ivresse et soudainement s'abattre comme une pluie de nacre. Dans une courbe de la Mangoky, j'ai aperçu un lémurien se déroulant souplement sur une branche. Nous glissions silencieux le long des berges. Il ne s'est pas effrayé de ces étranges crocodiles que le rapide emportait. Nous avons failli chavirer, fascinés par la bête endémique.

Ouvrez la parenthèse : c'était un lémur catta ou un prophythèque de Verreaux. Mes connaissances t'amusent. Tu en doutes. Tu as raison, je n'ai appris leurs noms que plus tard. Mais je peux te parler des prophythèques à diadème, celui de Fattersall, de l'élémur Macao à barbe blanche, de l'élémur fauve et aussi du grand cherogale. Ceci était une digression zoologique pour t'agacer un peu. Je t'épargne le gecko, la calidie élégante, les caméléons panthères ou le très commun Furcifer Labordi de la région que nous traversons. Fermez la parenthèse.

Il y aura ces trente heures de marche vers un lac introuvable. Il y aura le découragement puis la force de grimper sur un tamarinier blessant pour apercevoir sur la droite, en pleine nuit, un miroir dans lequel se reflétait la lune. Ce sera le lac, une étendue de sel sous une eau stagnante, imbuvable. Point de passage obligé pour rejoindre la côte ouest. Trois jours et trois nuits de marche sur une autre planète. Tout cela est parfaitement ennuyeux pour toi. Mais il fallait te dire tout cela pour te parler des trois mangues fraîches. Trois mangues fraîches qui nous furent offertes au plus fort de la soif. Trois mangues à partager. Le plus sublime des bonheurs. Les bouilles éclatées, crevassées dégoulinaient de jus tiède. Nous regardions le généreux donateur. Un survivant wazimba ou un Bantou qui souriait sans comprendre. Je pourrais presque jurer qu'il n'avait jamais vu de blanc. Il portait un pagne simplifié et un collier de bois. Quatre cases sur pilotis étaient au bout du bout de la terre malgache. Il n'y avait aucun accès hormis cette sente sur laquelle nous étions. Ces hommes semblaient oubliés ou reclus, ou tout simplement ignorés, exclus. Les femmes ne portaient qu'un petit bout d'étoffe autour des reins.

Je n'ai vu aucun instrument de cuisine connu, aucune gamelle de fer blanc, pas d'outils, rien. Je n'ai vu que deux petits carrés de terre grattés et un point d'eau saumâtre. Ils ne pouvaient pas donner à manger à leurs morts. Ils ne priaient pas le seigneur parfumé, le dieu des chrétiens, ni même Zanahary, celui des terres rouges. Ils ne devaient rien à rien. Au-delà de l'étonnement et de l'inutile culture, il n'y avait que le silence en réponse. Aucune communication possible que celle relative à la survie. Tous les codes s'annihilaient. Nous ne savions même pas comment signifier notre gratitude ni comment formuler nos adieux. Ces êtres resteraient dans la partie indéfinie du souvenir. C'est un peuple en hibernation dans la mémoire.

Je pressentais que les jours à venir allaient gommer cette rencontre esquissée au fusain. C'était fragile, évanescent comme un rêve. Deux longues mains terreuses avec des doigts infinis nous avaient offert trois mangues fraîches. Nous étions des hommes et des femmes de la même terre que le temps avait éloignés les uns des autres. Après les différences, j'ai cherché les ressemblances. Il y en avait beaucoup, le geste, le regard, l'étonnement, la curiosité. Nous nous sommes reconnus, les hommes comme les femmes, et nous n'avions rien à nous dire.

Je n'ai pas vu ce peuple sourire, les enfants jouer comme les autres enfants du monde. Leur vie semblait végétative, liée au seul besoin impérieux, instinctif, de vivre. Peut-être aurait-il fallu du temps ? Mais les reclus sont ainsi que souvent ils se ferment. Leur passivité, leur acceptation, est troublante. J'ai pensé à Henri Michaux et son désintérêt pour les Indiens qui m'avait tant choqué. Je reconnais aujourd'hui que c'est possible. Je n'ai pas vraiment désiré connaître mieux ces gens.

Il y avait dans les silences une langueur stérile, un vertige.

Deux jours plus tard, nous atteindrons la côte ouest par l'allée des Baobabs. Nous verrons les pêcheurs Vezo sous les voiles des pirogues à l'unique balancier. Je t'épargne les cent trente kilomètres de mer en kayak, vent debout. Je ne parlerai pas de l'ivresse que l'épuisement impose, de celle du rhum à la fin du voyage et de cette nuit où il fallut être lâche. Si, un peu tout de même. Sur un chemin de terre, devant nous, un char à zébus cahotait rapidement. Un homme sorti des épineux sauta en marche sur la carriole qui disparut brutalement. Dans le buisson gisait un moribond, tailladé à la machette probablement. Une rixe, une vengeance, ne semblaient pas être dans le caractère malgache et pourtant ! Il n'y avait plus rien à faire, semblait-il. Qu'en savions-nous ? Il bougeait, geignait. Nous hésitâmes un instant à le ramener avec nous. Quelqu'un suggéra de ne pas se mêler de ça, peut-être moi. Nous avons choisi la lâcheté.

Antananarivo, 20 novembre 1991

Tu voulais que je te parle de Diego, je n'ai pas pu y retourner. La première fois j'étais jeune, trop jeune pour avoir appris, trop jeune pour avoir pris et gardé ce voyage comme un trésor utile pour ma vie d'homme. Je n'ai pas revu Diego, seulement Tamatave. Mais je n'ai pas oublié le grand port comme un corps mort au bout de la grande île.

Diego Suarez aux collines mauves où la misère s'écoule en cascades comme les bougainvilliers — Diego marine, cargo fantôme. À la frontière des docks, la longue sieste a commencé. Un oubli en uniforme gris sommeille sous la menace des grues, un vestige de la Royale, un dragueur à triste mine. Rien ne bouge. Une porte attend un souffle. Grandeur et décadence coloniale.

Je me souviens d'un bal, de la petite prostituée à la jambe raide. Elle s'accrochait à mon cou pour ne pas dévoiler son mal. Je me souviens des rires sous les pompons rouges pendant que nous dansions. Une petite douleur malgache dans les bras d'un marin ivre de dix-sept ans. Je me souviens du taxi brousse qui nous emmenait vers les hauts. Elle me tenait la main, j'en suis sûr. J'étais gavé de bière et d'alcool blanc. Le taxi brousse était comble, incommode. Elle était assise sur mes genoux, suspendue aux arceaux. Je bandais sous le pont de mon pantalon. J'ai dû jouir dans ma somnolence. Il y avait les lacets interminables, une peur sourde et chaude, une peur sensuelle comme le désir et le danger mêlés. Il y avait ses yeux à elle, attentifs au minable petit trésor du jour. Elle m'a tiré hors de la camionnette, a ramassé le béret dans les ordures, la coiffe blanche était souillée. *Viens !* Elle murmurait : *Viens,* c'est tout. Il y avait des chiens qui grognaient, des ronflements. Il y eut au loin une insulte isolée puis, très près, un cri indéfinissable. Quelqu'un a parlé à la petite, sa mère peut-être. Elle a répondu tranquillement. Je l'ai suivie dans la boue. Elle a poussé une porte basse accrochée à des fils de fer.

J'entends toujours cette porte comme un gémissement et elle qui chuchotait : *Viens,* avec un petit accent indéfinissable.

Je me suis agenouillé sur la paillasse. Elle a tiré de l'eau d'une vieille boîte en fer. Elle s'est lavée. Elle a fait ça comme ça, comme d'habitude, comme une petite prostituée d'occasion. Un bateau de la Royale avec des marins affamés, ça laisse un peu d'argent pour la faim des autres.

Je me souviens maintenant de l'indifférence. Je me souviens des rats sous les planches de la cabane, des journaux collés sur la tôle ondulée, de De Gaulle qui nous regardait salir l'amour. Il fallait se garder du jour, ce jour indécent qui révèle trop. Je me souviens de la mèche à huile, de mon ivresse, de mon égarement délicieux dans la vie sordide d'une petite fille. Il y avait nos ombres fragiles et torturées sur les petites vagues des murs. Elle ne savait pas lire. Il y avait imprimées là des nouvelles d'ailleurs, comme un livre du monde au jour le jour. Au-dessus de nous les pages d'un 3 novembre dansaient. Une dentelle de rouille déchirait le papier avec des reflets bleus. Elle, la petite, s'ennuyait d'attendre le matin. L'aube éblouissante m'avait figé sur le seuil. Avec la brise de mer, une bouffée de parfums sucrés enivrait la plus belle baie du monde. Il y avait un partage entre l'abîme de la cabane et la naissance du jour. J'ai entendu, venant de l'ombre, la voix de la petite poupée cassée et sans avenir. Elle murmurait : Mon argent. Je n'avais pas d'argent. J'étais si jeune pour apprendre tout cela. J'ai dévalé la misère entre la honte et le plaisir. Le cimetière était gai, les femmes riaient. J'avais la nausée. J'ai fui ce pauvre visage et ce corps malade. J'ai retrouvé l'odeur de graisse, celle des machines, de la peinture et du fuel. Je me suis accroché à la passerelle, mon bateau, ma bouée d'acier. Rivé à la ferraille des coursives, j'avais pourtant envie de repartir.

Il faut vomir l'ignorance et la bêtise, reconquérir, lucide, le vertige, le grand vertige. La vie se fragmente et se disperse. J'ai fui les carrés, la machine, sourd aux plaisanteries, à la vulgarité. Un ou deux sourires pour l'espoir.

Je savais déjà que j'avais changé et que rien ne changerait.

Tamatave, 27 novembre 1991

Diego du drame. Crime d'amour. Comment s'appelait-il celui-là, mon capitaine, mort d'une lame au cœur du cœur devant la femme coupable ? Et lui, le mari jaloux, regardant l'ami qu'il venait d'éteindre.

Il avait frappé doucement, c'était l'heure de la sieste. Il venait voir son ami. Ils s'étaient connus comme ça. Jacques s'occupait du ravitaillement en mazout. Il vidait les cuves et Jean remplissait celles du navire. Ils se voyaient tous les ans ou tous les deux ans en fonction des missions. Jean longeait la petite ruelle de bougainvilliers. Il y avait toujours ce soleil blanc, dur, entre les murs de terre chaude. Un four. Il regrettait un instant les brises apaisantes du large. Il regardait l'ombre rose et bleue sous le feuillage, l'insecte immobile. Il bravait la somnolence, quelque chose de familier avec une étrange impression de répétitions inutiles. Il frappait doucement à la porte.

— Jacques ?

— Entre !

Accolades. Il y avait les bières servies par madame, les vies brièvement racontées sur le canapé et les fauteuils en palissandre. Il y avait des petites boîtes malgaches en marqueterie, des statuettes de la fécondité pour l'enfant qui n'est jamais venu. Il y avait toujours une corbeille de pêches ou de mangues fraîches. C'était cette odeur un peu sure qui flottait dans la pièce, mélangée au parfum sucré, lourd, des grappes blanches qui pendaient sur la terrasse ocre. Il y avait par hasard un regard sur la poitrine de madame, la sueur qui coule à la naissance des seins, la mèche de cheveux devant les yeux, qu'elle repoussait d'un souffle.

— Quelle chaleur. Je vous laisse, je vais me reposer.

Un œil rapide sur ses fesses. Elle n'était pas vilaine, la femme de Jacques. Pas très belle non plus, mais pas vilaine. Ce jour-là le capitaine avait hésité devant la porte, quelque chose d'inconscient, d'animal, un recul. Il avait murmuré : *Jacques ?* une fois sans conviction, puis à voix rauque avait appelé un *Jacques* plus net.

— Entre !

C'était madame.

— Alors ?

— Ça va !

— Jacques ?

— Il est aux cuves !

— Et toi ?

— Ça va.

Il n'avait jamais prononcé son nom, Lucie. Il ne savait pas pourquoi. Il disait *ta femme* ou *elle* ou rien.

— Quelle chaleur !

Tout se déroule, les vies depuis l'an dernier, toujours brièvement racontées. Phrases courtes, quelquefois un mot, quelquefois pas. Le silence. Elle apporte les bières. Il aime bien la bière, un peu trop. Il en boit quelques-unes. Il avait déjà bu chez Marie-Pierre, puis chez Tsirade. Il avait soif, le capitaine. Madame prend un jus de gingembre avec de la vodka, ça désaltère. Elle va chercher des glaçons. Il voit son cul, l'auréole de sueur, sa nuque humide, comme le reste sans doute. Il se lève, regarde au bout de la petite ruelle de bougainvilliers. Il entend une chasse d'eau. Elle revient sans glaçons. Il se retourne.

— Ça marche plus, quelle merde !

Elle est très près. C'est elle ou c'est lui ? Enfin, ils sont trop près. C'est comme ça. Elle se penche pour prendre son verre sur la table basse. Elle le frôle. Il lui prend les fesses, comme ça, sans réfléchir, un réflexe, une envie. Elle ne bouge plus. Elle ne dit rien. Elle souffle. Elle attend. Il soulève sa robe à fleurs, baisse sa culotte, la fouille un peu puis la prend. Elle s'appuie sur la commode. Il surveille les bougainvilliers. Rien ne bouge. Il jouit fort, un peu vite. Pas elle, mais elle aime quand même cette coulée chaude au fond du ventre. Ça lui plaît de sentir les hommes jouir. C'est son plaisir. Le seul, d'ailleurs. Elle se retourne. C'est vrai qu'elle n'est pas très belle. Elle a une grosse bouche agréable. Elle l'embrasse. Elle lui dit qu'elle a toujours eu envie. Lui aussi. Ça ne coûte rien de le dire. Elle le dit à tous les autres qui passent. Tout se sait. Ils vont sur le lit. Il fait chaud.

— Et Jacques ?

— Il est à Joffreville, il rentre tard.

— Tu es sûre ?

— Oui.

Ils prennent le temps. Dès qu'il peut, il la reprend. Enfin, elle le reprend, elle est sur lui. C'est à elle de jouir. Pour lui, cette fois c'est plus long... ça ne vient pas. Il se lève. Il allume une cigarette. Elle le rejoint, s'agenouille, suce sa queue. Il ferme les yeux pour éjaculer dans sa bouche.

Quand il les ouvre, Jacques est à la porte. Elle n'a rien vu. Elle finit proprement le travail. Quant elle se retire, elle regarde Jean. Elle a compris. Il n'y a plus rien sur son visage à lui. Sa queue retombe, luisante comme la lame qui le pénètre maintenant. Jacques parle doucement.

— Je suis passé chez Marie-Pierre. Elle m'a dit que tu étais là. J'étais content de te voir. C'est con !

L'autre glisse lentement sur la natte sans un mot. La lame est froide. Ça fait presque du bien. Il regarde sa queue pitoyable. Elle poisse de sang et de foutre. C'est con, cette histoire ! Elle non plus ne dit rien. Elle n'a plus grand-chose à miser sur l'avenir. Elle pourra toujours retourner en Bretagne, quelle merde ! Lui aussi, Jean, il va retourner en Bretagne, dans un cercueil en palissandre. C'est le bois du pays.

Je ne sais pas si les choses se sont passées comme ça mais j'ai toujours imaginé la mort du capitaine comme une succession d'irresponsabilités. C'était un chemin inévitable, sans trahison. Une vie et une mort imposées, banales. Mais c'est un drame qui va bien à Diego. Diego la fin. Diego au bout de la grande île comme un corps mort.

Sainte-Marie, 2 décembre

Daniel De Foe raconte qu'ici fut créée la première république de l'île, celle de Libertalia, à la fin du XVIIe siècle. C'était un repaire de la flibuste dirigé par Mission et Caracioli, avec sa propre langue, son parlement, etc. Une république idéale en somme, qui n'empêchait pas ses bateaux de traquer les navires de commerce de l'océan Indien.

Je reverrai Diego un jour prochain, je le jure.

Des amis m'ont invité à Sainte-Marie, au large de la côte est. Tamatave est une escale obligée. Elle n'a pas changé en trente ans. Étrange. La ville en damier est restée provinciale. Les maisons coloniales ont la lèpre. Le jour somnole. Les couleurs cachent la misère. C'est une peinture mélancolique et douce, une langueur irrésistible.

Le soir, la ville s'éveille, devient bavarde, ventre affamé. Je traîne dans les boutiques du marché à regarder les gamelles en alu, l'émail peint, les pelotes de ficelle, les lampes à pétrole, les tissages. Il y a une affichette contre l'alcool sur laquelle est dessiné un père ivre auquel s'accrochent des enfants faméliques. La mère en pleurs lui arrache la bouteille vide. Un autre dessin vante les fours à bois qui économisent la forêt. Ne brûle pas ta vie. Tout le monde ici utilise le bois pour cuire. Des feux sont allumés à même le trottoir. Il y a des flamboyants dans la grande rue, des jacarandas. Des camions surchargés de lychees traînent une odeur âpre, sure, mélangée à celle de la viande grillée et des bois parfumés. Je remonte la rue du Commerce, le boulevard Joffre. J'achète une brochette surprise au marché Bazary.

Je vais boire un rhum au débit sans nom. Il y a un joueur de cithare, la vahila. Un borgne à l'œil blanc tape sur une série de casseroles. Je regarde les pousse-pousse. Un homme en guenilles vend du charbon de bois et se retaille une jambe en palissandre. Une femme rit, sa bouche est vide. Elle berce un tas de chiffons avec une tête.

Demain nous volerons vers Sainte-Marie, une île pour rêver. C'est du tourisme, ça t'emmerde. Je ne raconterai pas. Je reviendrai en août au passage des baleines. Tu te fous des baleines. Les Japonais aussi.

Un petit mot tout de même, une carte postale :

Sainte-Marie, l'île aux Orchidées. Siestes harassantes. Marches forcées entre les cases et le lagon. À voir : le cimetière des pirates. Il y a une tombe à mon nom et une date : 1798. Ça ne m'étonne pas. À la même époque, il y avait des armateurs rochelais qui faisaient le commerce du « bois d'ébène » avec une flottille de bateaux négriers.

La baie des forbans est bien calme. Aucun pavillon noir n'est en vue.

Je rentre. Les répétitions de *L'Aide mémoire* vont bientôt commencer. Paris ne me manque pas, toi non plus puisque tu es là.

Salut.

B.

Paris, 15 février 1992

R.

L'Aide mémoire est un succès. La salle de la Comédie des Champs-Élysées est comble tous les soirs. C'est une chance inouïe, un miracle renouvelé, mais je rêve déjà d'un autre bonheur.

Il m'est arrivé une drôle d'histoire il y a trois jours, alors que je tentais le vertige en explorant les bords de l'abîme. J'ai pensé au funambule de Jean Genet. Il y a une fin du monde pour l'acteur. Il faudrait maîtriser, toujours. Il y a une ivresse dans l'extrême. Certains jeux sont des vols à haut risque.

Il n'y a pas d'acteur en liberté absolue. C'est une illusion. Il n'y a que des tentatives pour être libre. Le texte et la situation ne t'appartiennent pas. Tu en joues seulement. C'est toi qui interprètes la partition. Les spectateurs ne savent rien. Tu tends un fil à chacun d'eux et tu l'étires jusqu'à la note juste. La harpe est fragile. Gare, Edgar, si tu t'égares ! Tu crois être l'unique manipulateur, celui qui surfe sur les situations et les mots, et tu oublies la vague derrière toi qui va t'engloutir. Tu sais combien j'aime cet état de danger dans une apparente improvisation. Le public riait, je savais cette scène irrésistible, Fanny tournait le dos à la salle, spectatrice, un instant, de ce moment qui la faisait rire elle aussi. Chaque soir, je réinventais. Les rires du public et celui de Fanny m'encourageaient dangereusement. Orgueil et vanité. Il en fut ainsi ce soir-là. Après quelques voltes, il y eu un désordre dans la plongée, une désarticulation. Je perdais pied avec la réalité d'une scène de théâtre et des spectateurs attentifs. Je dérapais vers l'impalpable et ma jouissance était absolue. Il était tentant de se perdre, je l'ai fait. Comme un cheval emballé, je n'ai pu m'arrêter.

Le précipice était au bout des mots et je n'avais plus de mots. Les acteurs sont comme les enfants. Ils rêvent de territoires interdits. J'ai chuté, j'ai eu un trou affreux, ce fut terrible.

Je balbutiais des syllabes, cherchant désespérément un mot, n'importe lequel accroché à un sens, mais plus rien n'avait de sens, sinon le regard terrifié de Fanny. Après une éternité, je me suis éloigné de la terre. C'était une aspiration mortelle, indomptable. Suivit une absence paisible, un soulagement fragile. Il y eut une toux de spectateur, une petite agitation. On a baissé le rideau. Tout ça n'avait duré que quelques secondes. J'ai dû m'accrocher à des repères enfantins pour reprendre la pièce.

J'ai eu très peur, Roland. Tout se dérobait autour de moi. Fanny a été tendre et chaleureuse. J'étais malade, honteux d'avoir glissé sur les planches par excès. Par excès, tout simplement. J'ai cherché une liberté interdite à l'acteur. Pourtant, j'essaierai encore. Je n'envisage pas le jeu dans la méthode, la sagesse, et même, n'en déplaise à certains, dans la rigueur, j'entends par là une abstinence sans faille à toute dérive. Ce serait terrifiant un jeu raisonnable. Depuis, tous les soirs au même endroit, je guette le trou. C'est un cauchemar, une solitude.

Je comprends qu'il y en ait qui boivent avant d'entrer en scène.

À ce propos, je passerai dimanche.

B.

P.S. Avec Fanny, nous arrêterons fin avril.
Je vais partir en Amazonie.

Transamazonienne, 5 avril 1992

Roland, je t'ai abandonné, tu avais l'air d'une statue. Une statue avec un rhume. Ça la rendait plus vivante. Pour faire plus rigolo, on avait coincé une gauloise au coin des lèvres de la statue. Elle clignait de l'œil sous la fumée. Tu tires sur la carotte, mon pote. Ça te fait du bien. Tu as le droit aux paradoxes. Entre deux quintes de toux, tu m'as craché un ordre : « Tire-toi, tu me raconteras, j'ai besoin de voyager, je m'encroûte. Il y a un petit moment que tu n'es pas parti. Je ne descendrai pas en classe aujourd'hui, je t'accompagne jusqu'à la lisière de ma forêt, le temps de griller la tige. Demain, je dirai aux mômes qu'on a fait une fugue au Brésil. »

Soigne-toi Roland, je reviens dans un mois. Je vais filmer les premiers matins. En Amazonie rien ne débouche nulle part, disait Henri Michaux. Je verrai bien. Rio de Janeiro, Belém, l'avion nous emmène à Impératriz. Là-bas un peu au sud il y a une route, la Transamazonienne. Elle traverse la forêt d'est en ouest, elle finit au large de la frontière péruvienne. Je survole l'Amazone avec des rêves confus. J'ai vu sur un brigantin de fortune Francisco Orellana. C'était en 1550. Des mois de navigation sur le fleuve à la rencontre des eaux noires du Rio Negro. Un mois encore jusqu'à l'embouchure. J'ai cru voir les soldats malades sur le pont du navire à la dérive. Tout a l'air si puissant, au-dessous, si lent, si paisible ! Il y a une longue saignée en bas, rouge et blanche. C'est elle, la Transamazonienne, le rêve blanc, blanc comme le sang des hévéas. Des milliers de kilomètres d'une tranchée creusée à la mine, aux bulldozers, des caterpillars monstrueux arrachant les arbres avec des chaînes cyclopéennes. Deux cents mètres de large pour rejoindre...

rejoindre quoi ? Je ne vois qu'une mince égratignure. Je veux croire que les sacrifices ont un sens.

Je pense à toi, je t'embrasse.

15 avril 1992

Que fais-tu, Roland, à cette heure ? Tu fumes ta première clope ? Quelle main charitable et professionnelle te tient ton bol de café, essuie tes lèvres ? Ta toilette est faite, te voilà sur ton char, tu es prêt pour l'assaut de cette journée comme les autres. Une journée de plus ajoutée à ta vie. Une victoire sur la fin attendue. Il est cinq heures du matin. Impératriz est dans le brouillard. Je file vers le jour. La Transamazonienne s'éveille doucement. Les hommes ici l'appelle la *Transamargura,* la transamertume, la route des regrets, des remords, du désespoir. Nous sommes à des centaines de kilomètres à l'ouest de l'Atlantique, à quatre cents kilomètres au sud de l'Amazone, très loin de la côte péruvienne. La forêt est là tout autour. Les cartes sont inutiles. Il y a des parfums inconnus, humides, chauds. Je suis bien. Il n'y aura qu'une route jusqu'au bout.

20 avril 1992

Je suis à Maraba. Elle est assise au bord de l'eau comme toutes les villes en Amazonie. 5°20' de latitude sud et 49°8' de longitude ouest. Tu t'en fous ? Tu as raison mais c'est un repère qui donne du sérieux au voyage. L'ancien mataf a des manies.

La ville sommeille au bord du Tocantins. Le fleuve vient du sud, de très loin. Il s'est marié avec l'Araguals et ils ont beaucoup d'enfants. C'est un fleuve très sage.

Viens, je t'emmène sur le Tocantins voir le ciel d'orage sur les îles de sable. Nous glisserons sous l'ombre violette des gros nuages. Regarde l'éphémère incendie là-bas, derrière la forêt. Il y a un dieu ici qui déchire les couleurs. Il peint avec son souffle. Le Tocantins est une coulée d'or quand le soleil s'y noie. Le fleuve lentement cherche le nord. Il s'en va vers Belém retrouver l'Amazone. J'ai attendu la nuit tiède et chaude pour rouler vers Serra Pelada. Je prends le chemin de l'écolier qui a beaucoup lu Jack London. Que reste-t-il de cette ruée vers l'or, de la cité des hommes perdus ? Serra Pelada est au bout de la nuit. J'aime l'aube et surprendre le réveil des autres.

Les premières voix sont des voix d'enfants. Ils se lèvent à l'aurore. Eux, à quoi rêvent-ils ? Serra Pelada, la terre pelée par les hommes. Une terre rouge et sèche. Un rêve en poussière. On trouve encore un peu d'or, mais si peu. Ils ont lavé la terre, lavé les pierres. Ils ont gratté, creusé, fouillé. Ils ont épuisé le sol comme ils s'épuisent. Le mercure fait le reste.

Qu'as-tu fais de ta vie, visage de terre, homme d'argile ? Tu vends ton or pour des billets, un paquet de cruzeiros pour quatre dollars, pour une journée d'enfer. Les hommes sont fous et moi aussi d'être là à filmer leur folie. Tu es dans ta classe avec ta petite troupe de bancals. Dis-leur où je suis, je ramènerai des images. Salut, général éclopé. Salut, l'accro de la clope. Ton char est un corps. Tu emmènes tes petits soldats de douleur sur le champ de bataille. Tu voyages avec eux sur les cartes de géo. Tu fais l'amour en écoutant le chant des autres. Il faut que je dorme, Roland.

Je t'embrasse.

25 avril 1992

Vers le nord, il y a les eaux du lac Tucurui. La forêt s'y noie dans le silence, une forêt que les hommes eux-mêmes ont noyée. Un jour, quelqu'un qui aimait beaucoup les arbres a plongé au milieu des colonnes englouties. Il a caressé les bois rouges que l'eau avait durcis. Et il a reconnu les ipes, les sucupiras, les macapas, les seringueiras, les cèdres. Alors l'homme qui aimait beaucoup les arbres a inventé une machine et il est devenu bûcheron de la forêt noyée. Je l'ai rencontré, Roland. Il vit sur une barge au-dessus de son palais de bois pétrifié. Il mange des piranhas grillés et de la canne à sucre. Ici, en fin d'après midi, tous se cachent sous les eaux, sous les bâches, dans des tonneaux. Pendant vingt minutes, les *mosquitos* de Tucurui attaquent tout ce qui bouge, vit, respire, aime. L'animal le plus dangereux de la forêt, le vampire de l'Amazone, est un moustique invisible qui te transforme dans la minute en une cloque sanguinolente. Tu vois, finalement tu es mieux dans ta chambre à regarder la vie des animaux. La Transamazonienne s'ébroue un instant... et agonise. On ne peut pas s'en échapper. Il faut aller de l'avant ou revenir en arrière comme dans un tunnel, aucune sortie, un ruban rouge dans une prison verte. Seuls les fleuves s'évadent de la forêt. Ils rejoignent l'Amazone qui se noie dans la mer. Moi je veux voir le Xingu. Lui aussi vient de loin, du Mato Grosso. Il s'est marié avec l'Iriri, le fleuve des Indiens araras. Altamira bientôt. La ville du rassemblement indien. Où sont-ils ? Je vais les voir, je suis ému. Pourtant, je sais qu'apprendre d'eux leur coûte très cher. Je m'en veux de n'avoir pas de courage.

Altamira : 3° 15' de latitude sud, 52° 20' de longitude ouest. J'ai fait le point pour t'emmerder. Les Indiens araras sont à cinq jours de marche, ou six heures de bateau rapide. Je t'emmène sur le Xingu. Toi tu sais l'attente, l'écoute immobile, encombrée, du corps inutile et douloureux.

J'ai connu l'attente, l'attente sur le Xingu, une paix imposée, une lévitation, j'aimerais que tu connaisses cette légèreté, cette transparence de la chair, cet oubli corporel. Le temps, comme le fleuve, s'étale. Les crues et les décrues sont leur respiration, tout au long de l'année. Une marée très lente, une marée par an, c'est long. Ils sont nés là, le dos au mur de la forêt, les visages tournés vers l'eau. Cette prochaine rencontre n'a rien d'exceptionnel sans doute mais je devine que le souvenir, déjà, est inscrit définitivement.

27 avril 1992

Les Indiens araras vont mourir, disparaître peu à peu, à jamais dans leur forêt. Les *garimpeiros*, les *seringueiros*, les éleveurs mafieux, les trafiquants de bois précieux, tous contribuent à la mort des Indiens. Que faire devant l'inéluctable ? Ils meurent aussi d'une grippe, d'un rhume. Fais attention, même si tu n'as rien d'un Arara. Un rhume te tue, mon pote. Je ne sais pas s'ils nous ont vus, Roland ! Ils ont deux mondes : l'invisible, celui du rêve, de la nuit, et le visible, celui de leur quotidien matériel. Nous n'étions pas dans leur visible immédiat. J'étais malheureux d'être étranger, troublé par l'indifférence de ces visages.

Je n'ai reconnu personne, si, un enfant peut-être, qui jouait avec les papillons du fleuve. Ils tournoyaient autour de lui et il tentait de les attraper. Mais les papillons jaunes du fleuve sont des esprits, Roland. Personne au monde n'attrape les esprits.

29 avril 1992

Nous soulevons une poussière d'or que le soleil illumine. Elle se dépose lentement sur les feuilles. Je connais maintenant les nocturnes amérindiens. Je veux voir les brumes transparentes, je veux surprendre l'aube de la Transamazonienne. Je voudrais cueillir l'unique orchidée, voir l'anaconda entre les racines d'eau. J'ai aperçu ton reflet.

Tu étais attentif, comme toujours. Plein ouest. Itaïtuba est à neuf cents kilomètres. Il n'y a que la route et l'herbe humide. Au kilomètre quatre-vingt, quatre-vingts kilomètres d'Altamira bien sûr, il y a Medicilandia. Medici, c'est le président qui a commandé la route. La terre est rouge, les maisons rouges, les peaux rouges. Il y a des enfants et puis Dieu. Dieu est partout, surtout ce dimanche d'avril au kilomètre quatre-vingt sur la Transamazonienne. Les haut-parleurs crachent les voix nasillardes des prédicateurs. Il n'y a que Dieu qui n'abandonne pas Medicilandia. Tu y crois, toi ? Réponds ! Viens, on fout le camp ! En France, c'est le printemps. L'air est frais, transparent, les jupes légères, je le sais. Toi aussi, tu regardes, tu humes, tu transposes. Tu attends mon retour pour que je te parle des filles d'ici, de mes rencontres. J'ai rendez-vous avec des amis inconnus, des visages, des regards. Pour l'instant, la route est belle.

Fin avril 1992

J'ai vu sur le ruban rouge, loin devant, un vélo. Pas une maison de *caboclo* alentour, et pourtant il y avait un vélo. Le déhanchement du cycliste prouvait l'effort et la régularité du souffle. L'instinct commandait de ralentir, d'autant que la surprise était émouvante : une femme pédalait. La monture à deux roues semblait fragile. Une magnifique paire de fesses ondulait, elle se balançait voluptueusement autour d'une selle étroite, à peine visible, deux fesses telluriques, fascinantes, à peine couvertes par une économie de tissu. Le short en solde avait fini en une torsade bleue partageant deux formes parfaites, rondes, pleines, généreuses. Imagine cela après des jours de solitude amazonienne. Imagine le plus beau cul d'Amérique du Sud, des fesses offertes devant nous sur un vélo de facteur bricolé avec une selle de course et un guidon en bois. Des fesses qui nous occultaient le paysage. Des fesses d'une présence inouïe, des fesses brunes, chaleureuses, fermes, insolentes, des fesses pour se perdre, des fesses à revenir en enfance, des fesses qui épuisent le soldat, qui sécurisent, qui étouffent le vorace, ravissent le gourmand, des fesses qui provoquent l'admiration, la dévotion, la foi en somme. Roland, nous avons suivi de près cette merveille. La fille a fini par se tourner. Elle souriait, haletante. Elle retenait adroitement un fagot de cannes à sucre. La bicyclette hésitait dangereusement entre les ornières. Une danse sur la Transam. Nous étions éblouis. Nous avons doublé lentement avec l'ostensible intention d'en profiter. Ça n'a duré que le temps d'un égarement. Une sente invisible sur la droite cachait la fin du rêve.

Les deux fesses disparurent dans la verdure avec le rire d'une femme joyeuse. Une femme avec un pouvoir pareil ne peut-être que joyeuse.

Nous étions un peu ivres de cette vision fessue, un peu tristes d'être exclus, comme rejetés.

Je pensais qu'il était impossible de ne pas te signaler une telle rencontre. J'espère que tu apprécies mon petit carnet de voyage.

30 avril 1992

Rendez-vous sur le Tapajos. Je veillerai sur la nuit violette et chaude. J'attendrai les premières lueurs de l'aube. Quelqu'un marchera là-bas très loin, un homme au visage d'ombre qui n'en finira pas d'arriver. Peut-être ce sera toi ! Il y a un gros trafic sur le fleuve. Au nord, tu vas vers Santarem, Manaus, Iquitos, Belém, au sud vers Jacareacangua. C'est la ville des *garimpeiros,* des chercheurs d'or. Toutes les petites villes sur cette route se vantent d'être des filons d'or. Ville du trafic, tous trafics. J'ai cherché un visage que je reconnaîtrais, qui me reconnaîtrait peut-être. Un visage, un seul. C'est la ville la plus gaie de la Transamazonienne, la plus vivante, et pourtant je me sens perdu. Il y a des parfums mélangés. Les racines se consument. J'ai envie d'un jus de maracuja ou d'un lait de coco. Parfois, c'est aussi divin qu'un verre de bordeaux. Tu ne me crois pas ? Tu n'es qu'un vieil anar irascible et sans goût. Tu n'as de palais que pour ce que tu connais déjà. Comment veux-tu qu'on voyage ensemble ? Je t'emmènerai bien à Santarem, sur une *gaïola,* passer la nuit sur le fleuve blanc. On se balancerait dans nos hamacs sous les étoiles. Je ne connais pas leurs noms. Ici, le ciel est à l'envers. J'ai repéré un Figaro tout à l'heure, un vrai. Comme dans les films de Sergio Leone. J'y suis allé désarmé. Il m'a rasé comme on te rase. J'avais les mains croisées sous la serviette blanche et chaude. J'étais livré au praticien, docile, les yeux mi-clos. C'est chiant de se raser. Ne regrette pas ce geste d'indépendance.

Je t'embrasse.

2 mai 1992

Deux jours sans écrire, deux jours dans la somnolence. J'ai paressé comme le serpent. Il n'y avait rien que l'ivresse doucereuse des fruits écrasés, de la canne brûlée, et celles des effluves de vase à la décrue. Je dois rencontrer un homme demain, un homme en danger. J'ai entendu sa voix au téléphone. Je veux voir son visage. Le rendez-vous est pris, c'est long. Nous sommes surveillés depuis hier soir. Ce n'est pas une première, mais cette fois, c'est très rapproché, peu discret. *Asalto* — attaque à main armée — ou étroite surveillance des trafiquants ? Je penche pour les trafiquants.

L'homme s'appelle José Nazareno Santos Ferreira. Il est journaliste, écrivain, poète, il a trente-trois ans. Il vit ici à Itaïtuba depuis toujours. Je dois le voir au poste de police principal. Il ne peut se déplacer, pour sa sécurité. Il est condamné à mort par les trafiquants d'Itaïtuba. Il dénonce le crime, le trafic, donne des noms. José a beaucoup d'éléments, s'il meurt, tout sera publié. Où qu'il aille, José est surveillé. Ils le tueront, la mort est au bout de la rue. Je ne sais pas quoi faire pour l'aider. Il me demande de divulguer son témoignage, c'est tout. Il souhaite voir un jour Itaïtuba libre et heureuse. Sans la peur de parler. Nous irons chez lui ce soir. Les policiers le surveillent en permanence. Fusils et pistolets-mitrailleurs. Il aimerait parler encore. José ne dort plus beaucoup. Il est séparé de sa femme, de son fils. Il les cache dans une autre ville pour qu'on ne leur fasse pas de mal. Il pleure. Dans la rue, il y a un homme qui s'appelle Manuel Isquierdo. C'est lui le distributeur de cocaïne. José ne dort plus chez lui, mais chez les policiers, dans un hamac. Que va-t-il devenir ? Il sera tué aussi bien à Manaus qu'à Porto-Velho ou Rio-Branco. Les *pistoleros* sont partout. José me parle de ses livres, de son combat, de ses poèmes, d'amour. On nous surveille de très près. On planque les cassettes. Il faut partir, changer d'air. Reprendre la route.

Reporters sans frontières, en France, pourra faire quelque chose. Je m'en occupe en rentrant. On file, Roland.

Un gosse est assis dans une caisse avec des roues en bois. Elle est bleue et jaune. Il fait le bruit d'un camion avec sa bouche. Sa petite sœur le tire sur le bord de la route. Elle pleure. On est allé bouffer des lentilles aux œufs durs dans un bistrot de la rue principale. L'équipe n'est pas très fière, les yeux sur les arrières. Il y a trois petites marches lézardées, une porte qui crie quand on la touche. Tous les regards se tournent vers nous. On accroche quelques tronches inoffensives. On s'attarde sur la littérature habituelle qui tapisse les murs : Coca-Cola et femmes de rêves, *Seven-up ao Paradise,* et toutes les gloires de TV Globo. On trouve une table encore vierge. On pose nos culs fatigués, délicatement, on ne veut pas déranger. Ce ne sera pas long. Juste une bière et la même chose que le monsieur là-bas. Le monsieur est une sorte de sumo en chemise à carreaux sur mesure. Il a le crâne entièrement rasé. Il dégouline de sueur. Il n'a pas de regard, seulement deux boutons entre les boursouflures. Il bave son jus de lentilles entre deux lèvres mortes. Ses bras comme ses cuisses s'étalent. La chaise est invisible, bouffée par la graisse. On s'attend à ce qu'il pète rien que pour faire peur. Il est rose chair à vif. Le patron le sert avec la déférence des larbins soudoyés. Aux tables voisines, on rumine en silence. Je n'ai pas décroché du sale type parce que la fascination est irrésistible. Deux filles brunes magnifiques sont assises de part et d'autre du tas de graisse. Deux geishas brésiliennes qui épongent à tour de rôle le visage ruisselant du maître avec des sourires contraints. La plus jeune essuie d'un doigt agile le jus de lentille qui coule entre la cuillère et la lippe. Elle remonte du menton au trou violet. De la béance entrelardée, une langue de bœuf récupère le tout. Elle sauve son doigt baveux d'une fin certaine et l'essuie à la chemise de son homme. L'autre, parfois, caresse sa nuque comme pour le calmer et le rassurer. Il renifle. Tout à l'heure, amour, tu l'auras tout à l'heure ta dose, et si tu n'es pas trop fatigué, j'irai fouiller entre tes jambes. J'imagine le droit de cuissage exercé, les deux esclaves ventousées à la cellulite.

Je grimace à la vision des deux filles cherchant entre les chairs flasques une idée de queue d'homme. Je suppose la tâche à suivre et le couinement du porc au moment de la jouissance. Et l'après. Il y a toujours un après ! Le verrat regarde sans voir. Je comprends la présence de deux gueules décalquées sur le mur de l'entrée et à qui appartient le tas de ferraille en forme de Mercedes qui gêne devant la porte. J'ai posé ma petite caméra sur la table, sous la serviette. Je l'ai braqué comme un flingue sur le sumo. Je n'arrive pas à appuyer sur « ON ». La démarche est risquée. Il faut passer la main sous la serviette et tenter de trouver à tâtons le précieux bouton rouge. J'ai l'impression que tout le monde nous regarde. C'est le cas. Les deux mecs de l'entrée ne me lâchent pas. L'humanoïde non plus. Je n'ai pas le courage. Je bois ma bière, lentement pour réfléchir. Je dois ressembler à Clint Eastwood. Ce doit être ça. À travers le verre, dans la mousse blonde, le gros se lève comme un dinosaure ivre. Les deux petites font de leur mieux. Il titube en s'approchant de notre table. Il s'arrête et balbutie quelque chose en point d'interrogation.

— Non, français, répond le copain polyglotte.

Le gros éructe un renvoi de lentilles. Il s'éloigne, précédé par les courbettes de l'autre andouille qui doit faire dans sa couche tellement il a honte. Enfin, j'espère qu'il a honte. Je pardonne la peur. J'ai eu peur. Trop tard pour filmer. Sauvé ! Jamais les filles n'ont levé les yeux. Elles sont déjà mortes.

— Qui est cet honorable personnage ?

Le serveur se tord. Il a mal au ventre. Il s'essuie dix fois les mains à son pantalon.

— C'est monsieur le maire.

Nous sommes rentrés discrètement. Pas assez sans doute. Sur le chemin devant un autre bistrot, il y avait un connard avec trente-deux dents en or, chaînes en or et bagues en or. Les couilles aussi sûrement. Ce qui justifierait l'expression. Il m'a donné l'ordre d'approcher. Tu vas rire, je n'ai pas eu l'intention de désobéir.

Il a une tronche qu'on n'invente pas avec un sourire en lingots. Il me broie la main. Je ne résiste pas. Il aurait pu être tortionnaire sous l'Inquisition. Rien qu'en serrant des pognes, il aurait eu des aveux. Il ouvre son coffre-fort à pépites et me dégueule une voix rauque. Traduction : tire-toi, c'est pas chez toi, demain t'as disparu. Le gros s'étale sur sa chaise, deux revolvers imprimés sous le tee-shirt, message reçu. J'ai une cassette compromettante de José Nazareno. Je récupère ce qu'il reste de ma main. Je souris plus large que jamais. Dents en Or aussi. La figuration ne joue que les mauvais garçons. On prendra le premier bac demain. D'ici là, on se fait discret. Je trouve la bière très amère. Le fleuve est triste comme les visages, comme les rires, comme les filles, comme le cheval qui passe. Je ne suis pas un héros, je ferme ma chambre à clef. Pas sommeil. Toc-toc. Qui est-ce ? *Amigo !* Quel *amigo* ? *Amigo !* J'ouvre. Ils sont deux. Je tente la légèreté : Alors ? Rien ! Juste savoir pour qui je travaille. Pour la TV en France. Ah oui ? C'est où ? En Europe ! Ah oui ? Petite moue entendue des deux crétins. Ça leur semble très très loin. En effet ! dis-je.

Ils se marrent. Deux mauvais acteurs dans un western de série B. Les flingues sont vrais, c'est la différence. J'aimerais bien être Mitchum ou Clint Eastwood. Je leur ferais mordre le linoléum crasseux à ces deux caves. J'écraserais le pif du plus grand avec le talon de ma santiag. *Du sang sur le lino.* Ça n'est pas resté à l'affiche. Les deux *garimpeiros* sont partis avec des allures de caïds. Je reste planté entre le lit et le lavabo avec ma gueule de cendre. J'ai mal au ventre. J'ai l'impression d'être un lampadaire sans abat-jour. Rien de plus con !

5 mai 1992

Il y a des semaines que je t'ai laissé au bout du couloir jaune sur ton siège à roulettes, tes cheveux épars sur ton gros caillou, l'œil inquiet tout de même que je parte trop longtemps. Je suis dans l'Eldorado, la forêt-rêve. Celle des mirages. La forêt impartageable. L'Amazonie est la première page de la Genèse qui reste encore à écrire, disait Da Cunha. Il y a une rature au milieu de la page. La Transamazonienne est un rêve déchiré, haché par les pluies et les hommes, mangé par la forêt. C'est une ornière, dentelle de boue séchée et ponts précaires. Nous attendons un bac fantôme au bord d'une rivière inconnue. Je cherche les passeurs. On n'est jamais seul ici. Les gens vous aident. Comme ils n'ont rien à offrir, ils donnent leur temps. Je pêcherai pour toi le tucunaré et le piracuru. Nous grillerons des piranhas et nous boirons du café. Une nuit, un camion est tombé dans la rivière. Une nuit sans lune et sans sommeil, avec beaucoup d'alcool blanc. Il y avait beaucoup d'eau, impossible de retirer le corps. Les poissons l'ont bouffé. La carcasse du vieux Ford s'éloigne avec les crues. Un jour, je te ferai goûter la cachaça. Si on en boit beaucoup, on peut voyager et parler avec les esprits de la forêt et même voir des ponts qui n'existent plus. Moi j'ai bien vu des papillons électriques et une femme aux mains de phosphore qui traversait la route. Je veux apprendre à passer du visible à l'invisible. Rêve et réalité se vivent pareillement. Ce jour-là, les Indiens me verront. Alberto, qui connaît mon rêve, veut m'emmener voir sa cabane. Il est *seringueiro.* Il récolte le sang blanc des hévéas. *Caoutchouc* est un mot maya. Il veut dire l'arbre qui pleure, je parle très bien le maya. Je pense à Chico Mendes, défenseur des *seringueiros,* de la forêt, des Indiens, mort quelque part au sud, vers Rio Branco, assassiné par des *pistoleros.* Son combat continue. Alberto est comme lui, un simple *seringueiro.* Il sait comment il faut aimer la forêt. Si tu la maltraites, elle se venge. Tu connais l'histoire de l'arbre-serpent ? Un jour, au commencement de la route, les hommes ont brûlé la forêt pour cultiver la terre. Ils ont brûlé, trop brûlé. Tous les arbres ont péri, sauf un. Les serpents, qui n'aiment pas le feu, ont rampé sur le grand arbre noir. La dernière nuit de l'incendie, Curupira, le génie de la forêt, s'est mis en colère. Il a bousculé le ciel et fracassé les nuages pour éteindre le feu, et avec son souffle il a pétrifié l'arbre et les serpents. Depuis personne ne peut cultiver la terre. À la saison des pluies, les troupeaux s'enlisent. Et pendant la sécheresse, elle est rouge comme le cœur des arbres, rouge comme la braise. Elle est Brazil. J'ai bu l'eau pure des lianes hydrophiles. Roland, je dois aller au bout de cette route en fragments, patiente.

T'ai-je parlé de cette ville, des beignets au miel, d'un parfum de mûre écrasée, d'un air d'accordéon ? D'une ville qui n'est pas au bord d'un fleuve ? Une ville-décor, une ville peinte en jaune et bleu. Je ne sais pas si elle existe vraiment. Il y a des rues-promenade, des rues pour le dimanche, des rues pour les enfants. C'est une ville dont j'ai oublié le nom. Je crois que c'est une ville-façade sans maison derrière. Toujours plein ouest. Je ne compte plus les kilomètres depuis le bac d'Itaïtuba. Il ne reste pas grand-chose du tracé initial de la route. D'après la carte, nous longeons un petit affluent du Madeira. Il y aurait un village sur la droite. Ils sont bien silencieux dans le coin. J'ai retrouvé les titans, les bulldozers monstrueux. Ils sont anéantis. Le saint Georges amazonien a terrassé les monstres. L'animal sauvage de la civilisation agonise. Les ogres de la forêt rouillent sous les feuillages. Il ne reste rien du cheval de Troyes. Tout près, au bord de l'eau, il y a un cimetière, des croix dans un nid de verdure. Les morts comme les vivants regardent le fleuve. Ils venaient de très loin, des terres sèches du Nordeste, avec l'espoir d'une nouvelle vie. Un soir sur la rivière en crue, le bateau a sombré. Ils se sont noyés. Ils étaient trente, hommes, femmes et enfants. Drôle de voyage. Il est tard, il faut trouver une cabane. Ne t'endors pas, Roland, écoute la nuit.

10 mai 1992

Tu ne sais rien encore de ce voyage. Tu ne sais pas qu'hier soir au bord du chemin, il y avait un petit lac vers lequel paressait une rivière apaisante. L'eau était transparente, propice au bain. L'air était léger. Il y avait des plantes carnivores qui se fermaient sous la caresse, des galets bleus dans le courant et un peu plus haut en amont un aigle pêcheur. Nous aurions pu dormir là, sur les palmes. L'aigle aurait emporté le soleil sur son dos et nous l'aurait déposé le lendemain au sommet des grands arbres. Mais nous sommes passés sans nous arrêter, avec le regret plus tard de n'avoir pas vécu tout ça. Nous sommes arrivés hier à Humaïta sur le fleuve Madeira. Déjà plus de trois mille kilomètres derrière nous.

Ici on embarque pour le sud, Porto Velho, et pour le nord, long voyage vers l'Amazone. Le fleuve Madeira est un enfant de l'Amazone. Il est le fils de Madre Dios et de Mamoré, venu du Pérou et de Bolivie. Celui qui glisse aujourd'hui sur un fleuve amazonien voit exactement les mêmes paysages que ceux qui les ont vus il y a trois ou quatre siècles. Cependant, en remontant le Madeira, on découvre sur l'eau quelques turbulences. Il y a une fièvre, une mauvaise fièvre, sur cette rivière. Beaucoup d'hommes sont malades de cette fièvre. Sur le Madeira, il est une ville sur l'eau sans pilotis. Une ville-puzzle, une ville-lego. Elle se fait et se défait, s'assemble ou se sépare au gré des fonds. La fièvre est là sur cette ville flottante, mouvante, c'est une ville saoule, titubante, harnachée de câbles d'acier, armée de turbines, de compresseurs, meublée de groupes électrogènes, chargée de fuel, d'essence. C'est une ville qui cogne, qui vibre. C'est une ville en marche sur les eaux, aveugle et droguée au mercure. Une ville ruisselante. Qu'ont-ils besoin de tourmenter ce fleuve ? Des fraises tourbillonnent dans l'eau boueuse, déchirent le lit de la rivière, labourent les fonds.

Le Madeira est aspiré, avalé, canalisé, projeté en tourbillons de boue et de sable. Le Madeira se vomit lui-même. Les monstres dégueulent le fleuve à pleins tuyaux. L'enfer est sur les eaux. Pour l'or, uniquement pour l'or. Les femmes sont venues de loin, du sud, du Nordeste, de leurs villages amazoniens, des *favelas* de Rio, de Recife, de Sao Paulo. Une femme par barge, femme à tout faire, ménage, cuisine et le reste. Des papillons égarés au milieu des dégueuloirs. Le repos du guerrier. La fièvre de l'or infernale et incurable. La paix en amont du Madeira est déchirée par les soubresauts d'une ville qui résonne comme un gong. Les insectes d'acier sont alignés pour un ultime assaut. Et s'ils étaient vainqueurs ?

Le fleuve blessé, malade, ivre de coups s'enfuit vers l'Amazone. Elle fait drôlement la gueule la forêt de chaque côté du fleuve, nous aurait dit Michaux.

12 mai 1992

La nuit est douce, sans air. Nous sommes au bord de la *Transamargura,* la route des remords. Le rêve blanc inachevé. C'est Osmar qui le dit. Osmar Schutz est venu ici de quelque part dans le sud, c'était au début du rêve. Il a construit une cabane au bord de la route. Il s'est marié. Victoria est sa fille. Mme Schutz est malade, à l'hôpital d'Humaïta. Il faut n'avoir vraiment rien pour savoir ce que c'est de n'avoir rien. Osmar Schutz n'a rien, que sa cabane, son maté et Victoria. Il y a une odeur chaude, un parfum reconnu, apaisant. La main d'une enfant sur le genou du père. Je suis dans l'ombre, j'écoute leur silence. Ni télé, ni radio. J'ai l'impression d'être là depuis un siècle à regarder un visage, puis l'autre, Osmar et la petite Victoria. La lumière du gaz s'affaiblit, un papillon meurt et le jésus du calendrier s'assombrit. Je n'ai rien à vous offrir, dit soudain Omar Schutz, que mon temps. Il y a un silence de plus. Soudain Victoria jette ses rêves en vrac comme une flamme incertaine. Elle brûle le présent, volubile, pour dégager l'horizon au-delà de la forêt. Elle nous regarde comme si nous étions la source, avec l'envie folle de savoir. Elle sait un peu de l'autre vie. Les livres en parlent. L'école est une autre cabane pleine d'espoir. L'instituteur vient d'Humaïta. C'est une grande ville. Il y a des promesses là-bas. Elle s'y prépare. Osmar la regarde s'envoler. Il ne la retiendra pas. Elle doit partir. C'est un vœu chaque jour renouvelé. Il n'y aura pas de retour. Qui reviendrait ici s'enliser, même pour un père ? Osmar est venu se perdre dans l'Eldorado avec sa foi et son courage. Il sait qu'il a perdu. Alors il ne lui reste qu'à croire en Victoria. Tout n'aura pas été inutile. Elle descend de ses genoux, va chercher son cahier. Elle nous montre ses dessins. Il y a des maisons comme des châteaux, des avions, des rues sans fin. Il y a un couple de mariés. Tout est vert comme la forêt, sauf la robe, qui est rouge.

Comment faire le blanc sur une page grise ? Victoria est vive. Elle rit en montrant le portrait qu'elle a fait de son père. Il a de grosses lunettes sur d'immenses yeux noirs, des oreilles décollées, démesurées, un chapeau de feutre vert. Il a un petit corps. Près de lui, il y a une petite fille et une dame aux cheveux très longs qui pleure. Elle est malade, dit Victoria. Le vieil Osmar prend délicatement le cou de sa fille pour l'écarter. Il va saisir sur la cuisinière de terre un pot d'eau bouillante qu'il verse sur l'herbe de maté. La petite revient sur ses genoux. Il suce sa pipe à maté. Il tient le gobelet brûlant dans des mains que la chaleur ne blesse plus. Il attend que nous partions. J'aurais voulu voir le lendemain les cinq élèves de l'école, l'instituteur d'Humaïta et le travail journalier d'Osmar. Il y a un bac qui nous attend dans la nuit.

15 mai 1992

Voilà, Roland, la route est coupée, jamais nous n'irons à Labrea. La forêt l'a mangée, les *rios* l'ont grignotée, les pluies l'ont diluée. La route n'est qu'un long ruban rouge qui traverse l'Amazonie. Un ruban froissé et déchiré. Un dieu qui en avait assez l'a coupée là. Plus personne ne passe. Plus loin vers l'ouest, c'est le Pérou, les Andes, le Pacifique. Le rêve blanc continue. Je n'ai rien donné pendant ce voyage. Rien qui vaille ce qu'ils m'ont donné, eux, tout au long de cette route. Je vais les laisser là. Sans bien comprendre ce qu'ils vont devenir. Je ne reviendrai pas par la route. Je n'ai pas oublié que l'oiseau est le symbole du continent américain. Que la colombe enseigna aux tribus le langage articulé. Que c'est un colibri qui annonça aux hommes la fin du déluge. Que l'ara est sacré. Je te ramène un peu de cette forêt des premiers matins du monde.

B.

TGV La Rochelle-Paris, octobre 1992

R.

Le train a décidément quelques avantages. C'est un endroit privilégié pour les rencontres, les rendez-vous paisibles. Nous avions donc rendez-vous dans ce train entre La Rochelle et Paris. Le garçon est passé, nous avons pris un café noir. Sucré ou pas ? Juste un sucre. Croissant pour moi. Merci. Je tente de regarder dehors. Il fait encore nuit. Difficile de se rendre compte de la vitesse. Pourtant, nous sommes à près de 300 km/heure. J'ai le temps d'apercevoir quelques lumières timides, des gens s'éveillent qui n'ont pas rendez-vous. Seulement avec l'habitude. Avec elle, ils ne parlent plus. Ne s'écrivent dans ces rendez-vous-là que la morosité, légère comme les brumes d'hiver, et la peur que demain l'habitude ne soit plus là. Le jour se lève péniblement sans eux ou avec eux, cela n'a pas d'importance.

Du bleu électrique règne sur un petit îlot de lampadaires : HÔTEL**. Pas de nom, seulement : HÔTEL **.

Il a commandé un petit déjeuner lui aussi. Il est tout seul à sa table, la lumière est trop crue. Il doit regarder passer le train.

Il a mal dormi, avec ce coq au vin de la veille. Il avait tenté de ramener une fille dans sa chambre, une fille un peu grosse qui pleurait au bar. Elle a bu les deux billets de cent francs, raconté son malheur et elle est repartie dans la nuit, son mouchoir sur le nez. Il n'a même pas tenté de la suivre. Ce matin, il fait ses comptes. Il vend des roulements à billes. Ça l'ennuie ces rendez-vous sur le métal. Il regarde la petite serveuse au fond de la salle. Elle bâille sous ses cheveux en désordre, les bras croisés. Il attend son café, elle aussi. À quoi pense-t-il en la regardant ? Elle a une jupe noire un peu courte, des bas noirs collés sur des genoux en dedans.

Quand elle lui apportera son plateau, elle hésitera un instant au bord de la table avant de repartir. Alors, sans la regarder, il plaquera sa main sur sa cuisse maigre et il remontera doucement sous la jupe noire.

Elle regardera du côté des cuisines et laissera la main fouiller sous sa jupe. Elle a un collant sur un slip épais, toute une histoire !

Il doit faire froid ce matin, il frissonne !

Je me souviens d'une pute à Kōbe au Japon, en hiver, pendant une escale de la *Jeanne*. Une traversée depuis Honolulu à rêver d'une exquise Butterfly. Mais l'ivresse des bars est souvent la première. C'était un bordel. À peine assis, deux filles étaient venues faire sauter les boutons de nos pantalons à pont. Elles riaient en nous branlant sous la table. Elles se foutaient de notre gueule. J'avais dix-sept ans. J'ai aimé jouir dans sa main. On a bu comme les vieux loups. Plus tard, beaucoup plus tard, un petit oiseau de nuit m'a emmené entre deux rideaux. Dans une autre travée, derrière le plastique translucide, mon compagnon de bordée essayait de bander pendant que la fille tripotait la radio. Ça crachotait une musique insignifiante. Je veux dire une musique tiède, anémique, avec une voix de tubarde asiatique. Ma compagne a fait tomber mon futal. Elle m'a laissé mon bonnet. Le pompon rouge, ça porte bonheur. Elle avait l'air si innocente. Elle s'est allongée et m'a donné l'ordre de venir sur elle. Ce ne fut pas sans mal. J'avais la tige en berne. La musique, les rideaux de plastique et la tendresse glacée de Butterfly ne facilitaient pas le travail. Sur le cosy verni, il y avait une lampe en bambou, un napperon en papier chiffonné, une grosse mouche morte, un paquet de clopes et un zippo. Le regard au plafond, elle attendait, les bras croisés derrière la tête. Elle a regardé sa montre. Le temps était compté. Elle avait la chatte à l'air. À dix-sept ans, je ne connaissais pas Courbet. Je ne savais pas que c'était l'origine du monde.

Peut-être que le sexe ouvert entre deux cuisses maigres n'appartenait plus à ce regard perdu. Peut-être qu'oubliant ce regard et fasciné par cette drôle de fleur violette, j'ai fini par bander. Je me suis glissé. Il y avait de la place pour deux. Avant-arrière sans fantaisie, sans fantasme. Avant-arrière comme une machine-outil. J'ai limé, comme on dit. Cette nuit-là, j'aurais voulu une caresse, un regard, un mensonge même, j'aurais voulu, pas grand-chose, mais quelque chose.

Je n'avais que dix-sept ans et j'apprenais l'amour. Dans l'effort, j'ai soufflé sur la mouche morte en évitant le regard indifférent de la fille. C'était ma seule chance d'aller au bout. Elle était ailleurs. Elle a pris une clope derrière elle, sans tâtonner. Elle avait l'habitude. Elle a attrapé le zippo et scratch ! Elle a tiré une longue taffe. Je faisais mon boulot consciencieusement, sans résultat. Avant-arrière, le bonnet vissé sur la tête avec *Jeanne d'Arc* en lettres d'or brodées sur une bande noire et ce pompon rouge sur bleu marine, qu'elle avait fini par fixer, hypnotisée. Avant-arrière, elle a pris mon bonnet au vol et l'a posé sur son visage. Je baisais un bonnet. Elle s'est mise à parler avec sa copine, comme au bureau. Elles se foutaient de ma gueule. Elles ont ri, d'un rire rauque, de fumeuses, de pipeuses. Ça a dû me serrer le joint. J'ai joui et j'ai eu honte d'avoir joui sur un rire, sans un regard, joui comme ça, sans maîtrise. Je l'ai giflée, sa clope est partie en étincelles. J'ai hurlé : Ta gueule ! Je lui ai pris le cou et j'ai serré. C'était un cou tout menu, je m'en souviens. Je le sens encore dans mes mains. Elle a eu l'air de vieillir. Elle allait mourir avec du sperme frais de marin français au fond du ventre. J'allais la tuer, Roland.

Mon pote m'a arraché de là. On s'est tirés avant que ça rapplique. On aurait pu sérieusement dérouiller. La jeunesse court vite, heureusement, même avec une overdose de saké. Deux coups gratuits, m'a dit le copain essoufflé en rigolant. Je n'ai pas trop ri, Roland. Je vomissais le long du mur qui puait l'urine avec, dessus, des hiéroglyphes japonais qui devaient raconter les mêmes salades que nos hiéroglyphes à nous.

— Ton bonnet ?

— Merde !

Il était impossible de revenir à bord sans bonnet et de retourner au bordel sans se faire lyncher. Le copain est monté par la coupée. Il a rejoint la plage arrière et balancé son *bachi* dans la nuit comme un frisbee. Je l'ai récupéré dans la neige sale. J'ai regagné le bord et me suis réfugié, amer, dans l'odeur forte, un peu âcre mais chaude, du poste des mécanos où soixante-dix types abrutis de fatigue ronflaient comme des bienheureux. J'ai dormi moi aussi, jusqu'au lever. C'est ainsi. Quelques heures, sans rêve, sans cauchemar, mais où tout était marqué. La pute de Kōbe gardera elle aussi un drôle de souvenir du petit marin français. Le *bachi* de la Royale a dû rester pendu pendant des mois au-dessus du rideau de plastique et de la lampe en bambou, avec son pompon plus très rouge et couvert de poussière. Il y avait eu une première femme, une Néo-Zélandaise. C'était à Wellington. Elle était beaucoup plus âgée que moi. Elle était professeur. Je ne sais plus ce qu'elle enseignait, l'amour probablement. Elle était compréhensive, attentive. Elle voulait que je déserte pour vivre avec elle. Les femmes sont folles. J'aurais pu apprendre l'anglais, moi qui ne balbutiais que quelques mots. Elle était douée, douée pour faire du bien, pour donner confiance, comme d'autres sont doués pour faire du mal. Elle fut une initiatrice effaçant délicatement les craintes, les incertitudes, les pudeurs inhibantes. La petite pute de Kōbe avait tout gâché.

Je ne voulais plus que reprendre la mer, me laisser envahir par la torpeur des nuits de quart. Je voulais jouir de la solitude marine, respirer les effluves de mazout, les vapeurs échappées. Je voulais la chaleur humide, la sueur devant les brûleurs, la graisse, m'abrutir du chaos. Je voulais m'assoupir dans la matrice brûlante des machines. Je voulais téter le grand narguilé, ne plus penser à rien, qu'obéir aux ordres en attendant la révolte.

Le train file dans le brouillard, il a l'air pressé d'arriver à Paris. Moi pas ! C'est un matin noir et blanc, un matin indifférent.

C'est cela que le train fuit. Il va vers l'est, le levant. Il ne s'arrêtera que quand il aura trouvé le soleil. J'aime mieux cela ! Le train du soleil, c'est mieux que le train des brumes, moins mystérieux peut-être mais tant pis.

B.

Paris, 15 octobre 1992

R.

Aujourd'hui j'aurais bien aimé des images de mer sereine entre des rochers illuminés de soleil. Un air transparent annonciateur d'une journée infinie, sans heurts. Une caresse chaude, enveloppante, jusqu'au fond du ventre. On en revient toujours au ventre.

Je ne t'ai pas tout dit sur le Japon, Roland. Ça me revient comme une photo dans le révélateur. Rien ne s'efface. Tout est marqué. Je te l'ai dit. Ça me revient comme une bouffée qui soulage.

Deux jours après ma tentative de meurtre, on devait appareiller pour les îles d'Etajima et Myajima plus au sud. Il faisait froid. C'était l'hiver en Orient. La neige était tombée. Je ruminais sombrement ma dernière aventure. Le jour du départ, les mécanos qui n'étaient pas de quart aux machines, se gelaient en grande tenue, comme les autres, pour la cérémonie officielle, réglementaire et obligatoire. Le navire quittait un pays étranger. On lui rendait les honneurs. Marins et officiers étaient sur le pont d'envol et les passavants. J'étais de ceux-là. Joli coup d'œil, commandant. Mais il n'y avait personne pour admirer les uniformes bleu marine sur fond d'acier gris clair. On rendait les honneurs à un quai vide. Peu importe, c'était beau. Tu imagines, un ciel blanc, une huile épaisse pour peindre la mer et le bateau enveloppé de vapeur, assis sur un badigeon de céruse. La machine était en chauffe depuis cinq heures du matin.

Personne n'avait encore violé la neige immaculée du quai. Il était tout en longueur, trois cents mètres peut-être. La coupée était le dernier pont entre le Japon et ce morceau de France. Il pouvait arriver un pilote, un colis, un message, que sais-je ? Mais rien n'arrivait et l'heure très proche de l'appareillage annonçait que rien n'arriverait. Il n'y avait que la nudité du quai, la pureté des lignes hantées parfois par les boursouflures glacées des bittes d'amarrage et des cordages oubliés. À peine entendait-on la rumeur de la ville de l'autre côté des hangars. La dernière image du film attendait un générique. On piétinait, frappant la tôle des ponts pour se réchauffer, les doigts sous la vareuse. J'étais hypnotisé par cette banquise qui n'en finissait pas.

J'avais peur de voir un gyrophare de la police japonaise éclabousser la neige de bleu. Deux flics feraient claquer les portières. Ils monteraient la coupée comme dans une mauvaise série noire et on m'embarquerait pour tentative de meurtre. Je passerais une partie de ma vie à bouffer du riz dans une prison d'Hokkaidō.

Je fixais un container, là-bas tout au fond de la toile. Je peignais avec le regard, je n'avais que ça à faire. J'ai dû créer ce moment où la petite silhouette est apparue. Elle glissait vers nous, laissant derrière elle un sillon à peine ombré. Le petit personnage foulait la poudreuse avec devant lui quelque chose qui cachait son visage. Il fallut de longues minutes avant de deviner un très gros bouquet de fleurs. L'appareillage était imminent. Là-haut sur la passerelle en haut du château, le commandant et ses officiers devaient se poser les mêmes questions que nous. Des fleurs en hiver trottinaient vers un bateau solitaire au bout d'un quai glacé. Dépêche-toi ! cria un marin. Le bouquet finit par arriver à la coupée. Il glissa doucement sur un visage magnifique. J'ai oublié les commentaires et les rires. Elle était trop jolie. L'officier de garde descendit vers elle précautionneusement. Les regards goguenards de trois cents marins à l'affût d'un faux pas le dissuadait de se prendre pour Harrison Ford. Les rires de l'équipage l'auraient poignardé. Elle était émouvante, obstinée. L'officier remonta la coupée et disparut derrière une porte étanche. Attente. Quelqu'un à bord de ce bateau avait évité les bordels et bouleversé le cœur d'une petite Japonaise de Kōbe. Elle ne bougeait pas. On n'avait d'yeux que pour elle, évidemment. Elle était patiente, nous moins. Nous avions hâte de savoir. Il fallait que ce soit un homme d'importance pour retarder à ce point un navire de la Royale. Un matelot en bleu de chauffe surgit sur le passavant, aborda la coupée comme Buster Keaton et s'étala jusqu'au quai par le toboggan glacé. L'équipage ne fut pas charitable. Il releva son cul mouillé, se tourna vers nous avec un pauvre sourire d'excuse et il y eut un étrange silence. Le matelot-mécano Delambre, graisseux jusqu'à l'étoupe de ses cheveux, les mains mazoutées, le bleu de chauffe rincé à l'huile de vidange, était probablement le marin le plus laid de la Marine nationale. Jugement occidental et donc purement subjectif, me dirais-tu. La preuve. On avait tout de même un peu de mal à imaginer la *love story* du bouchon gras avec une princesse jap. Va te faire foutre, les belles histoires s'écrivent comme ça. Elle se précipita vers lui. L'énorme bouquet empêcha l'étreinte. Elle le déposa sur la neige à leurs pieds.

Elle tenta de l'embrasser mais il était raide comme une haussière gelée. Il nous regarda avec toujours le même sourire, le nez de traviole, les oreilles violettes en éventail. Un imbécile charitable cria : Vas-y, on ne regarde pas. Elle finit par lui prendre la bouche. Juré, tu peux oublier tous les baisers de cinoche qui t'ont bousculé. *Exit* Bogart et Rita Hayworth, Stewart et Hepburn, Gabin et Morgan. Tu mets un mouchoir dessus. Il n'y a plus que Delambre et Fleur des Neiges. Regarde la fin du film. Ce fut le plus long des plus beaux baisers du cinéma que se font les hommes. Elle pleurait. Elle murmurait en japonais des poèmes d'amour pour Bouchon Gras. Elle avait choisi le plus moche mais le plus chouette, ça compense. Personne ne l'ouvrait et pas un marin sur ce putain de rafiot n'osera te dire qu'il a versé une larme. Le froid a tout arrangé. Pas vu, pas pris. On ne pleure pas chez les hommes. Depuis un bon moment, le délicat lieutenant tentait de rappeler à l'ordre le matelot Delambre afin qu'il regagne sa machine et que le navire appareille. Chez le pacha, on s'agitait d'impatience. On aimait les beaux films, mais pas trop longs. Il faut les comprendre. L'amour ça fait désordre et il faut leur rendre cet hommage qu'ils avaient été fichtrement patients. L'officier ne savait que faire. Il n'avait visiblement pas le cœur d'arracher par la force cette fille des bras du marin. Il aurait fallu la jeter avec violence sur la neige, lui briser le cou déjà fragile et qu'une tache de sang s'élargisse comme un grand pétale sur le blanc du quai. Le matelot désespéré aurait été retrouvé plus tard pendu aux tuyaux de la chaufferie. Mauvais film. Delambre avec une douceur infinie fit glisser les bras de la petite. Il lui prit une dernière fois le visage et l'embrassa sur les yeux. Il remonta la coupée comme les marches d'un festival de Canne, sous les applaudissements enthousiastes d'un équipage ému. Delambre le héros regagna la machine et redevint chouffe.

Fleur des Neiges resta immobile, les bras le long du corps, le bouquet oublié à ses pieds.

Le bateau irrésistiblement quitta le quai. Ce fut un interminable *travelling* arrière. Très loin tout là-bas au fond du port, la petite silhouette s'effaçait doucement du tableau.

Ne me demande pas si l'histoire s'arrête là. Elle s'arrête là, générique de fin. Il n'y a pas de suite, jamais, chez les marins.

Salut, le clopeur.

B.

Dialogue

— *Tu connais les îles Marquises ?*

— *Oui.*

Le silence qui suivit était joyeux, un silence en point d'exclamation, un silence écrit avec l'envie.

L'absence de mots signifiait l'ambition du projet. Ni toi ni moi n'osions le formuler.

Cape Town, avril 1993
Tournage : À la poursuite du vent

R.

Cape Town est magnifique si tu ne poses aucun regard sur les *townships*. La mer est bleu acier. Au large, c'est l'Antarctique. Très au large, on pourrait passer par les Kerguelen pour y aller.

Il y a une autre île pas très loin de la côte, Ruben-Island, Mandela y a passé toute sa captivité. Je crois qu'il y a un respectueux pèlerinage à faire.

La *Table Mountain* ne quitte pas sa grosse casquette de nuages. Mille mètres de dénivelée. Cela fait deux fois que je grimpe là-haut. Le soleil se couche sur la tête de lion. Le jardin botanique est un rêve. La route des fleurs peut t'emmener jusqu'à Port Elizabeth. Plein est. Si j'avais la possibilité de faire des fugues, je ne saurais pas où t'emmener : réserves du nord, chutes Victoria, Namibie, le Lesotho, la Zambie ? Je reviendrai.

B.

Cape Town, avril 1993
Tournage : À la poursuite du vent

R.

Cape Town est magnifique si tu ne poses aucun regard sur les *townships.* La mer est bleu acier. Au large, c'est l'Antarctique. Très au large, on pourrait passer par les Kerguelen pour y aller.

Il y a une autre île pas très loin de la côte, Ruben-Island, Mandela y a passé toute sa captivité. Je crois qu'il y a un respectueux pèlerinage à faire.

La *Table Mountain* ne quitte pas sa grosse casquette de nuages. Mille mètres de dénivelée. Cela fait deux fois que je grimpe là-haut. Le soleil se couche sur la tête de lion. Le jardin botanique est un rêve. La route des fleurs peut t'emmener jusqu'à Port Elizabeth. Plein est. Si j'avais la possibilité de faire des fugues, je ne saurais pas où t'emmener : réserves du nord, chutes Victoria, Namibie, le Lesotho, la Zambie ? Je reviendrai.

B.

DIALOGUE

— Tu connais les îles Marquises ?
— Oui.

Le silence qui suivit était joyeux, un silence en point d'exclamation, un silence écrit avec l'envie.

L'absence de mots signifiait l'ambition du projet. Ni toi ni moi n'osions le formuler.

Cape Town, avril 1993

R.

C'est la faute à Luther, c'est la faute à Calvin parce qu'avant c'était la faute aux catholiques. C'est la faute à la révocation de l'édit de Nantes. C'est la faute aux huguenots qui se sont carapatés pour fuir les tortures, les empalements et les cultes en cave. Je le sais, je suis parpaillot, enfin, d'origine parpaillotte ! C'est la faute aux Hollandais qui suivirent les huguenots et aux Anglais qui poursuivirent les Hollandais. Tout ça s'est chamaillé à mort avec la cruauté originelle des hommes. C'est toute l'histoire de l'Afrique du Sud.

— Résumée succinctement ?

— Très succinctement.

— Et les Africains, monsieur ?

— Mais je suis africain. Blanc mais africain depuis plusieurs générations.

— Oui mais les Africains d'avant, les noirs, les originels ?

— On nous a dit qu'il n'y avait personne avant l'arrivée des blancs.

— Qui vous a dit ça ? Un ignorant ? Un bouffe-nègre ? Et les Bushmen, monsieur, et les Zoulous ?

— Oui, oui, les Zoulous.

— Les Zoulous qui ont asservi toutes les tribus de cette sud Afrique, un sacré peuple, monsieur, fichus guerriers, organisés comme les Romains. Pas moins féroces. Et les Xhosas, monsieur ?

— Oui, oui, les Xhosas.

— C'est bien dans leur aristocratie qu'est né Mandela, le futur premier président noir.

— Oui, oui.

— Savez-vous, monsieur, qu'avec les Zoulous, les Xhosas appartiennent au groupe linguistique des N'Gunis ? Je vous en bouche un coin.

Retiens quand même, Roland, qu'il faudra que je te raconte l'histoire édifiante de Shaka, leur chef. Un type formidable, un maître de guerre indiscutable et indiscuté, même par les blancs « négrophobes ». Tu imagines.

Je te montrerai un livre sur la peinture n'debele. Rien à voir avec ce qui précède, j'y pense comme ça.

— Vous disiez, monsieur, que vous étiez africain blanc. Où sont les Africains noirs, ici, à Cape Town ?

— Ils sont là, avec nous.

— Où ça, là ?

— Là autour, tout autour, dans les *townships*, beaucoup dans les campagnes, au Transkei, au Ciskei, nous vivons ensemble maintenant. Chacun chez soi. Finie la ségrégation. Mandela est arrivé.

— Oui, pouvoir politique aux noirs, économique aux blancs. C'est ça, le partage. Heureusement, l'argent est un grand pouvoir.

— Oui, hi ! hi !

— Quand je suis venu, il y a trente ans avec la marine, il y avait des bancs pour les noirs, des bancs pour les blancs, l'avant du bus pour les blancs, l'arrière pour les noirs.

— C'est fini, ça, monsieur, il n'y a que les noirs qui prennent le bus, nous on a des voitures. Hi ! hi ! Je plaisante.

— J'avais compris.

— Ça bouge, monsieur, ça bouge, un peu trop parfois, la délinquance s'installe.

— L'inégalité !

— Vous croyez ?

— Oui, monsieur.

— Il faut beaucoup de patience, Mandela est un exemple.

— Oui.

— Il faut du temps pour écrire une histoire.

— Fichus huguenots. Ils ont quand même réussi à fabriquer du vin, et il est bon.

— Oui, très bon.

— Nous n'avons pas parlé de la guerre des Boers, de Baden Powel, des Anglais, des camps de concentration.

— Il y a beaucoup à dire sur les Anglais !

— Nous n'avons pas parlé de Blood River, des ghettos noirs, des ghettos blancs, des fascistes, de la création de l'ANC, de la répression, des mines du Transvaal, du nationalisme, des métis, de la jeunesse de Gandhi ici, à Captown, de la captivité de Mandela, de l'avenir de l'Afrique du Sud.

— Il y a beaucoup à dire, monsieur, mais c'est chez nous que se trouve le Cap de Bonne Espérance.

B.

Transkei, mai 1993

R.

Mon enthousiasme et ma gourmandise des voyages, ma curiosité insatisfaite, bref mon incontrôlable appétit de partir que certains appellent « la bougeotte », maladie au nom charmant, m'ont conduit à accepter une destination mystérieuse : le Transkei. Région assez dangereuse, paraît-il, mais très sauvage, à peine ouverte au tourisme, et qui comblerait, semble-t-il, mes rêves de vivre l'Afrique telle qu'elle est. Va pour le Transkei. Je fais confiance aux dires. J'ai trois jours de repos, la petite Française du Cap s'occupe de tout. Me voilà dans l'avion. Je survole avec jubilation le Cap de Bonne Espérance en pensant que j'emmènerai là mon fils pour rêver avec lui. J'ai le temps d'imaginer un trois-mâts, filant grand largue sur la route des Indes. Les voiles claquent. La houle est mauvaise. Dix minutes après le décollage, une masse nuageuse venant de l'est occulte toute possibilité d'admirer la côte, la route des jardins, le Ciskei, etc. Fin de l'anticyclone austral sans doute. Je me plonge donc dans le dictionnaire anglais pour récapituler quelques mots et locutions obstinément *unemployed* dans ma conversation peu courante. Mon anglais, tu le sais, n'est pas terrible, et ce depuis toujours. Il y a blocage. Passons sur cette faiblesse, veux-tu ? Je sais, il faudra y revenir.

Je suis parti avec la ferme intention de tester ma patience et mon aptitude au bonheur. Donc, pour éviter tout agacement *because* la langue, j'ouvre le livre de J. F. Revel : *Le Moine et le Philosophe.* Tout est dit sur le bouddhisme et la réflexion occidentale. Je me régale, tellement cela me sécurise d'être d'accord avec tout le monde et à la fois persuadé que c'est trop tard pour tout remettre en question. Deux heures pour atteindre East London dans les nuées.

Je n'ai que trois jours. Il est onze heures. Je suis d'un calme qui n'a rien de surprenant. J'ai le temps. Le temps de quoi, me diras-tu ?

Gavin, c'est son nom, m'attend à l'aéroport. Il a passé la soixantaine, il est avenant, courtois. Il a le nez de Paolo Conte, le ventre hollando-germanique, la peau anglaise rose bonbon et la cuisse molle. Il est charmant. Il est mon hôte et fait un effort pour parler *slowly*. Me voilà en route pour Wave Crest, *near the sea*.

Il me vante au passage East London dont je ne verrai que l'amas de buildings cachant peut-être quelques maisons huguenotes dans le style d'Amsterdam. La suite est sur l'autoroute, vallons et vallons. Afrique, où es-tu ? La Normandie d'un côté, l'Auvergne de l'autre. Des vaches, des vaches, des chèvres et des chèvres. Bien ! J'ai le temps, ce sera plus original plus loin. Je suis bien, très bien. La conversation se tisse de longs silences. Il me laisse admirer et j'admire. J'admire le ciel bas, au bord des larmes, au-dessus des champs de bouse. Les cases ont remplacé la chaumière berrichonne. C'est un mauvais film, mais je le regarde.

Prochaine ville ? Pas compris ! Tant pis ! On roule, je somnole. Il est deux heures de l'après-midi. J'ai trois jours. Arrêt dans la ville de..., pas compris non plus. *Lovely no ? Yes ! Very african town, only black people are leaving here !* Ah ! Ah !

Il s'arrête faire des courses, va à la banque, cherche des citrons, achète de l'immodium pour clients imprudents. J'attends, j'ai le temps ! J'achète une banane. Je regarde le petit Dakar qu'est cette ville d'Afrique du Sud. Xsosa et Zoulou ont piteuse mine. Ils traînent leurs carcasses vers les bureaux du travail. *No jobs !* Je ne suis pas au Transkei, c'est une erreur. Mais je suis en voyage, tout est étude. Mon moi n'existe pas. C'est une illusion donc je suis calme et ouvert, j'attends. C'est *modern style* ici. *African modern style.* Le boss arrive en souriant. *Five minutes more for petrol and we go. Interesting, no ? Yes ! Now the most beautiful country you've never seen, lovely, lovely, lovely. OK, let's see.*

Toujours la Normandie. Virage à droite, une pancarte indique la côte. Piste en terre.

Même paysage, mêmes vaches, mêmes cases. Atterrant. Soixante-dix kilomètres de piste en Auvergne.

J'ai quitté Cape Town pour faire deux heures d'avion, trois heures et demie de voiture et voir Pontoise en noir et blanc. Transkei dangereux et sauvage, réveille-moi. Des enfants sortent de l'école. Il y en a partout. Ça me distrait un peu. La torpeur que déguise une apparente sérénité ne s'évanouit pas pour autant. Je me dis que les derniers kilomètres seront *nice. Look ! Look ! The sea.* Dans la brume, sous les nuages sombres, on devine l'océan Indien. Il est gris sale, l'Indien vu d'ici. *Here we are !* Quinze heures trente. Nous sommes arrivés au bord de l'embouchure d'une *small river* qui se jette dans la mer furibarde. Il y a une dune de sable. Chouette ! J'ai trois jours. C'est un petit *lodge* ordinaire. J'ai dit trois jours ? Non plus qu'un, le retour prendra le même temps. Il n'y a aucune raison de s'énerver.

J'ai le temps et je suis bien. *Lovely ! Are you enjoying it, lucky man ? Yes, I am !* Piégé au bout d'une piste, impossible de changer de crémerie. Je dois avoir l'air pitoyable.

La petite Française devait être amoureuse quand elle est venue. *Where are the big clifs ? Oh ! Not here but in the north. Its very far ! It's great, absolutely fantastic I see.* Effectivement, ce n'est pas ici. La côte est presque plate avec des rochers noirs, un ciel noir, des reflets mauves sur la mer couleur du ciel. Seuls des pinceaux habiles tracent une écume phosphorescente sur la toile sombre. Je ne vais pas si mal. J'arrive à trouver ça beau. Je suis sauvé, je fais des progrès. Dans le restaurant face aux vagues, j'avale un petit en-cas, tout petit, vite débarrassé par les serveuses xsosas, souriantes et indifférentes. Elles portent le petit bonnet blanc à volant des Hollandaises du XIXe. *Autant en emporte le vent* version Transkei. *Where is Scarlett ? I'm Rhett Butler !*

Ils ont tout organisé, m'a dit la petite Française ! *What do you want to do ? I don't know !* Promenade en canoë sur la rivière ? *Yes, why not ?* C'est la maîtresse de maison qui m'accompagne, écolo béate, sauvez la nature ! Dieu est bon ! Africaine à fond, mais blanche. Dieu n'est pas noir. Elle insiste pour me raconter la vie naturelle du coin. Je pagaie avec énergie. Ses deux chiens à l'avant surveillent les oiseaux. Elle parle, elle parle, une sorte de colique verbale. Elle ouvre à peine la bouche, les dents serrées. Elle n'articule rien, ça coule, informe. Quand un mot me parvient, j'ai l'impression d'être polyglotte.

J'ai une énergie folle à la pagaie sous la bruine, admirant l'aigle pêcheur sur la haute branche d'un camphrier. Le « raid gauloise » m'attend, je serai prêt. On revient trempés.

C'est un *lodge* pour pêcheurs. Ils sont huit, dont deux femmes. Ambiance maison de retraite. Pas vraiment sportifs. Demain j'irai faire le tour de la dune.

Fishing ? Yes but... Do you have fishing rod ? Heu ! Yes, but I don't know if it works.

Vous ne savez pas si vos cannes à pêche fonctionnent ? Je le sens bien ce petit séjour sous la pluie. Le ciel en deuil pleure, c'est touchant.

La chambre est simple. Je vais lire et écrire... Je vais... chut, tout va bien. L'orage aspire la mer. La dune et les mangroves disparaissent dans la brume océane. Les poissons sautent, les pêcheurs boivent. Dîner rapide, simple, on retire les plats. *Vegetables ?* Disparu ! Déjà ? Hé oui, *good night !* Il est neuf heures. Avare peut-être pas, mais pingre sûrement. On me prête une canne à pêche avec un leurre rouillé pour demain. Je saisis ou plutôt je vole au passage un bout de fromage car le breakfast n'est qu'à huit heures. Avant, c'est la prière je suppose. Moi j'irai canoter en rigolant de mon moi illusoire que j'ai dû éliminer puisque je n'ai aucune colère, aucun agacement. Je meurs doucement. Je sens que je pars, que je me détache doucement de moi-même. Je rentre au lit sous l'orage. Les vagues roulent assourdissantes. La marée monte ! Demain, il y aura peut-être du soleil.

Peut-être ! Pourquoi ce désir soudain, ce non-détachement ? Mon moi reviendrait-il ? Zut, *go away.* Petit chocolat sur l'oreiller, comme dans les palaces.

Oh ! Un petit mot photocopié. *What ? À prayer : « Let us love »,* etc. Il est question de Dieu *of course.* Il ne manquait plus que ça. Bon ! Au plume !

Nuit apocalyptique. Ils ont dû mettre la terre à l'envers, la mer nous tombe dessus. Au matin, hagard, je regarde le rideau de pluie. Au loin, toujours dans la brume océane, la dune mystérieuse s'ennuie. Moi aussi.

Il pleut. La terre en avait besoin, paraît-il. Pas moi. Le grand jardinier fait son travail. La journée commence fort. Je pose une question hardie : Pensez-vous que ça va durer ? *Yes ! Several days, I think !* J'ai compris ! Journée dans la chambre, écriture, lecture du *Moine et le Philosophe* et rideau de pluie ! Papier mouillé, vêtements humides, etc. Un moteur de voiture s'emballe derrière une case. Je me précipite, j'aide à pousser le véhicule embourbé. Je crie : Où allez-vous ? Il n'entend pas et file dans la boue des bouses du bout du monde avec un geste de victoire pour me remercier.

Trempé et remaquillé par « terre d'Afrique », je me tourne vers un grand blond. Où allait-il ? À East London, *why* ?... Pourquoi ? Parce que je veux me tirer vite fait. Je rêvais qu'il me réponde : vous avez raison, on s'emmerde dans ce bled sinistre. Il l'aurait fait dans un français impeccable bien sûr. Mais il souriait de bonheur et ne parlait qu'afrikaner. Merde ! Merde ! Émotion négative, dirait le moine. Je m'en tape, et je vous dis remerde. Mon moi est de retour, vive lui. Devant mon désarroi, l'hôtesse me propose de me ramener. Il y a un avion à quinze heures. Elle fera les courses pour le mois. *Thank you ! I'm sorry ! No, it's a pleasure.* Je paie la note ridicule. Ni pingre, ni avare, simple c'est tout, et même généreux vu le prix. Une leçon de plus. Jugement hâtif.

C'était un jugement de mon moi illusoire, donc pardonnable. Nous voilà partis sous le déluge avec les deux chiens.

De nouveau la Normandie, encore plus normande sous la pluie. Des bouts de banlieues sur les coteaux, des morceaux de bidonvilles, des *townships.* Je m'endors. Je rêve. Elle parle. Le moine a raison, mon moi s'évanouit. Je le retrouve à East London, ville *black and white,* devant un *fish and chips* bouleversant. L'aéroport est désert, silencieux.

Le petit bimoteur attend sur la piste comme une grosse sauterelle mouillée. Je rentre à Cape Town. *See you.* Je n'ai qu'un regret, la dune mystérieuse de Wave Crest.

Je t'embrasse.

B.

Afrique du Sud, Johannesburg
2 mai 1993

R.

J'ai volé avec mon fils vers Johannesburg. J'aurais voulu prendre le train. Le cinéma a des impératifs que la brousse ne connaît pas. Cette ville est livrée à la peur. On se barricade dans les voitures, dans les bus, dans les maisons. On traverse certains quartiers pied au plancher en priant pour que rien n'arrive. Probablement que chacun entretient cette incessante insécurité pour d'obscures raisons. Je fais l'impasse sur Johannesburg, Roland. Je fonce avec une vieille Mercedes vers les réserves du nord. Encore une journée de tournage et je croquerai de longues heures de rêve avec mon fils. C'est une rapide carte postale. Je m'occupe de lui. Je te laisse sur la banquette arrière, côté gauche pour ta gueule de traviole. On va sillonner les grandes réserves sans réserve et traquer paisiblement l'animal sauvage. Les *lodges* sont somptueux, la nourriture excellente. Tu regardes l'éléphant s'abreuver le soir en grignotant ta côtelette d'agneau ou ton steak de gnou. J'ai mangé des chenilles, des vers dodus, bien gras, poêlés vivants comme les crevettes avec des herbes et des piments. Aucun commentaire. Les rugissements des lions traversent les moustiquaires. Les guides sont en arme. Le pisteur fait des signes. On suit les traces des rhinocéros. Ces animaux sont d'un autre âge. Ils sont mal habillés d'une grosse armure de terre grise avec un casque à pointe très recherchée par les braconniers. La corne en poudre vaut une fortune. Les Japonais sont fous de ses vertus aphrodisiaques. Je me demande si ce ne sont pas les plus grands prédateurs de la planète à la recherche des espèces rares pour leurs croyances primitives. Il s'agit d'argent peut-être. On regarde avec stupeur trois lionnes se jeter sur un bébé girafe. Le gracieux animal s'effondre sous les griffes et les crocs. Les lionceaux ne participent pas au festin. Des coups de pattes projettent les petits hors du cercle sanglant. Une fois rassasiées, les lionnes autorisent la curée.

La mère girafe a disparu. C'est charmant. Tout le monde est heureux sur le Land Rover. C'est beau la nature. Ainsi va le monde, monsieur.

J'imagine ta tronche regardant les *big fives*. Moi, ce sont les girafes que je préfère. Elles sont émouvantes. Elles te regardent avec beaucoup de curiosité. Tu devrais leur plaire.

L'homme à la jambe de bois raconte que c'est un hippo furieux qui l'a chargé et croqué. Ça a l'air balourd pourtant un hippo, mais ça galope au fond de l'eau comme un cheval dans la steppe mongole. La vraie peur du broussard, c'est le buffle. Il ne te lâche jamais.

La fourrure d'un léopard ondule dans la savane, un petit gnou va mourir.

Carte postale des grandes chutes : Zimbabwe, Zambèze, Zambie, Victoria Falls, les dernières lettres de l'alphabet, les premiers jours de la Terre. C'est un fabuleux rideau d'écume, des vagues gigantesques qui tombent dans la grande faille. Le train d'Agatha Christie sort de la vapeur d'eau. L'animal noir serpente dans la luxuriance. Je t'emmène sur le Zambèze. La hauteur d'eau est parfaite. Le raft est petit, on va se régaler. Une journée pour dévaler les premiers remous. Il est furieux, le Zambèze. Le tour de manège est dangereux mais c'est un bonheur fou, inhumain. Il y a des montagnes d'eau projetées sur les falaises. Ça hurle : « Tous à droite — tous à gauche. » Le bateau épouse la danse du fleuve. Drossage — chute en rappel. « On dégage. Droit devant. » Tout le monde s'accroche à la ligne de vie. Le toboggan est infernal, irrésistible. Mon fils exulte, toi aussi. Une erreur de barre, on est au bain. Et les crocodiles ? Ceux-là ne mangent que du poisson ! Ah ? C'est bizarre, je me sens poisson. Nous avions tous répété l'incident possible, là-bas sur la berge. Dans le bouillon, ça change tout. Pas de panique, rendez-vous au prochain *pool* après la courbe là-bas. Il y a une chute, une marmite sans conséquence, elle expulse, vous laissez faire. Après, vous nagez ferme sur la droite, chacun pour soi. Merci ! Où est mon fils ? Chez lui, dirait-on. Il rit, il m'appelle, je le suis. Il est plus fort et plus doué que moi. Il est mon guide. C'est ça qui me rassure, de le voir heureux et tranquille, maître de lui.

Ce soir, nous dormons à deux cents mètres de hauteur au-dessus du fleuve, dans une courbe au sommet d'une falaise.

C'est le bout du bout de la terre. Nous sommes les seuls convives. Nos hôtes sont roses comme des Hollandais. Ils sont afrikaners, « immigrés d'Afrique du Sud » après la chute de l'apartheid. Ils parlent un anglais torturé à la masse, ils sont diligents, courtois et déférents jusqu'à l'ennui. L'endroit est indescriptible. Il y a une ivresse, une sorte d'abus esthétique, une overdose de beauté. Nous restons tous les deux côte à côte, silencieux. Le premier qui parle a perdu. La nuit a tout effacé pour une délicieuse torpeur et un sommeil de brute. On rentre demain.

J'ai donné une chemise et mes chaussures au serveur. Dans son village, il a un frère qui ne bouge pas, comme toi. Il a un fauteuil avec des roues de bicyclette sans pneus. De sa case, il va sur la piste et quand il est sur la piste il s'enlise, alors il reste devant chez lui. Toi, tu as une Formule 1, un char à batterie et le carrelage de Saint-Jean.

C'est ça aussi l'injustice. Ça ne fait rire personne ce que je dis, rassure-toi. Les jours de fête, on l'emmène à dos d'homme. On le fait danser autour des feux. Il est collé aux épaules du porteur. Il rit par secousses. On le nourrit comme un oiseau. Il attend la becquée, comme toi, sans jamais se plaindre, comme toi. Je pense à nous.

B.

Dialogue

— *Tu connais les Marquises ?*
— *Tu me l'as déjà demandé. Tu radotes.*
— *Je sais, je t'en reparle.*
— *J'y pense.*
— *Fais-moi boire un peu.*
— *C'est un Marques de Riscal.*
— *Comment peut-on ne pas aimer le vin ?*
— *Nous, on ne peut pas.*
— *Non.*
— *Une petite clope et après ça, je serai roi.*
— *Mouais !*

Nice, 15 septembre 1993
Tournage du Fils préféré

R.

Hier, dimanche, j'ai grimpé pour toi dans les calanques. Tu as eu un peu de mal dans la dernière longueur, au passage du surplomb. Au relais, je t'ai assis dos à la roche. Je t'ai allumé une clope et tu as regardé la mer en toussant. Il y avait un drôle d'oiseau qui se demandait ce que faisaient ces deux crétins accrochés au calcaire, alors que lui n'avait qu'à prendre les ascendances. Parfois il virait sur l'aile, piquait vers la mer et remontait sans effort par le même courant d'air pour venir nous voir. Tu as eu envie de le suivre.

Je suis dans une caravane, j'attends que le prochain plan soit prêt. J'aime entendre Nicole Garcia dire : « MOTEUR », puis l'ingénieur du son reprendre : « ÇA TOURNE ». Le clapman hurle le numéro du plan, le cadreur susurre : « CADREZ » et Nicole, concentrée, attentive, amoureuse, dit : « JOUEZ ».

Il fait nuit. Nice a un peu froid. Mon vieux complice Lanvin raconte des histoires. Kathleen Ferrier chante Bach : *Have mercy my lord — La Passion selon saint Mathieu.* Je pense à ce drôle de film que j'écris. Que penses-tu de *Voyage en Sénégambie* ou *Les Caprices d'un fleuve ?*

Dans dix jours, je serai dans les Andes. J'ai des joies d'enfant à imaginer cette expédition. Je m'entraîne sérieusement. Je veux être au-dessus de ma condition habituelle. Tous les soirs après le tournage, je grimpe les dix étages de l'hôtel avec un sac de pierres sur le dos. Je redescends par l'ascenseur, je remonte par les escaliers et ainsi de suite. Le réceptionniste est ravi, il compte dix, vingt, cinquante, suivant la forme et les soirs. Je transpire abondamment, j'ai l'air d'un fou. Les clients s'amusent.

Je fais une moyenne de six cents mètres en dénivelé. Ça n'allume rien dans la tête évidemment, trop c'est trop.

Toi tu fumes, moi je cours pour toi, tout est en place !

Quelqu'un m'a dit : tu as une peur bleue du bonheur !

Ça m'a foutu un coup.

Le bonheur, quel boulot !

B.

Nice, 24 septembre 1993

R.

Je pars bientôt chez les Patagons. Prépare-toi !

Tu tousses beaucoup, tu étais inaudible au téléphone. Chaque fois que je m'absente un peu longuement, tu attrapes une bronchite. Tu le fais exprès, couvre-toi. Une écharpe autour de la gueule en guise de fanion et un gilet de peau, ce n'est pas suffisant. Tu n'es pas Rambo, tu as pu le voir dans la glace. Tu mets un pull de laine et vogue la galère à roulettes. Tu me dis toujours : j'ai attrapé la crève, rien de plus banal. Ça arriverait à me faire rire. C'est toujours banal avec toi, du domaine de l'anecdote, seulement on n'aime pas trop ça, toi et moi, baigner dans l'anecdote, tes poumons non plus. Alors tu vas me virer ce liquide anecdotique et passer à l'essentiel : te soigner.

Je ne parle pas de la clope, ça pourrait t'agacer.

Si justement, parlons-en. Je sais, je t'emmerde. Fume, mon vieux Roland, si ça te soulage !

Je retiens quand même ta proposition d'arrêter de fumer le temps de mon expédition en Patagonie. J'emporte la petite boîte noire avec les gauloises et ton briquet. Tu m'alourdis un peu le sac mais je préfère. La nicotine en tige de huit sera mieux entre la balise Argos et la couverture de survie que dans tes poumons, quinze jours de bonus. Remets-toi vite, je reviendrai avec une bouteille de bordeaux. C'est très efficace contre les poussées d'anecdote.

Hier soir, quelqu'un m'a demandé pourquoi j'étais sans cesse en mouvement. J'ai répondu que si je m'arrêtais, je perdais l'équilibre. Un copain guide chamoniard qui marchait très vite disait à ses clients : si je ralentis, je tombe !

Ça te fait rire ? Un peu ? Sois charitable avec mes handicaps.

Je t'embrasse.

B.

Bariloche, 2 novembre 1993

R.

Nous avons gravi des pentes de glace, dévalé des montagnes friables, des ravines de mousse. Nous avons traversé des forêts de bambous réputées impénétrables et descendu des fleuves qui n'étaient pas impassibles. Les rivières étaient enchevêtrées de bois morts, de souches, comme des maisons renversées. Il y a eu la pampa, le lac furieux avec une houle inattendue. Il y avait un monstre en profonde reptation. De la nuit à la lumière, de l'extrême chaleur du zénith au cœur glacé de la cordillère, nous avons marché à notre recherche sans nous trouver sans doute. Tout s'est achevé dans le bonheur de l'épuisement. Après deux jours d'un sommeil de bûche à Bariloche la gueule ouverte, la bave au coin des lèvres, bien décidé à ne pas rentrer, je m'évade du compagnonnage sportif pour franchir le mur des Andes avec mon frère. La voiture souffle jusqu'au col. Je suis heureux. Je vais voir le Chili, la terre de Neruda, de Coloane, je vais à Chiloé et Puerto Montt.

Je sais que ce ne sera qu'une esquisse avec l'âpre goût que laisse une esquisse. La tentation est forte à Puerto Montt de changer de bateau, de prendre celui qui emmenait Francisco Coloane aux îles Chauquis ou celui qui descend vers Punta Arenas et les Magallanes sur les traces encore fraîches des Alakalufs. Il faut reprendre la mer, comme disait son père avant de mourir. Il faut toujours reprendre la mer, jusqu'à la fin, jusqu'au dernier embarquement.

Après Valdivia, la ville du conquistador espagnol, après la longue plaine qui borde le volcan Osorno, je devine Puerto Montt et au-delà, l'île de Chiloé. Coloane dit aujourd'hui qu'il a peut-être trop voyagé et que la Terre de Feu de son enfance reste toujours ce qu'il a connu de plus mystérieux.

Moi, c'est le marais poitevin entre le Canal du Curé et celui des Hollandais et au bout des écluses, la baie de l'Aiguillon. Ça peut faire sourire. Il n'y a pourtant que les indigènes du marais desséché, les chasseurs avertis et les ornithologues qui se risquent dans ses bras. La baie est une cuvette alluvionnaire dans laquelle un intestin complexe réglé par la lune déverse à marée basse les eaux et les vases d'un continent artificiel.

Le résultat est un miroir de glaise au couchant, capable d'engloutir hommes et carcasses de bateaux. C'est un chaos éternel, inaccessible. C'est le territoire des oiseaux. J'ai passé des lunes pleines à les regarder voler dans les lambeaux du ciel. Je t'en parle parce qu'il y a là un peu de cette Patagonie de Coloane où je suis. Il en parle comme j'aimerais te parler de la terre de mon enfance.

S'il n'y a pas de grandes baleines bleues, il y a les globicéphales. Je les ai suivis pendant des heures sur ma barcasse. Ils s'amusent avec les courants, plongent en orbes parfaites sans remous, sans te bousculer jamais. Ils t'accompagnent. Ces énormes dauphins dansent avec la mer sans la violer jamais avec des caresses d'eau sur le mufle des petits. Ils ont la grâce des ondines. Tu as déjà vu des ondines ? Moi si ! Il y a aussi de grandes tortues que seule la patience autorise à deviner. Les deux pertuis entre les îles sont nos Galapagos jusqu'à ce que l'homme, un jour...

À Chiloé, le ciel est une palette soufflée, une huile à la brosse sans cesse retravaillée. Il y a sur une île, en face, des arbres torturés comme des cornes de cerfs, un cimetière de cervidés dont il ne reste que les bois. Parfois les vagues déferlent à contrevent avec derrière elles une queue de comète en écume. Je te parle de Coloane pour te parler de Conrad, de Melville, qu'il aime. C'est pour te dire que l'on cherche des ressemblances, une complicité, et qu'il me suffit que cet homme soit heureux avec un bout de cordage, une ancre ou un vieux compas. J'aurais dû être marin toute ma vie, pas acteur. Je suis un marin acteur.

Pour l'heure, nous naviguons dans les bruines sur une terre gorgée d'eau. Il n'y a plus d'empreinte. Montre-moi ton pays, Coloane ! Raconte-moi les histoires de mer, celles des Magallanes et de la Terre de Feu.

Je ne me lasse pas de regarder les pêcheurs courbés sur les coques de couleurs. Il y en a deux qui rient, enveloppés dans les filets. Ils tirent sur des mégots éteints, la cendre sur le col. Le vent fait claquer les fanions. La vague lèche le quai et frappe le bois. Elle veut sa flottille.

L'hôtel est désuet, sans confort. Il y a un large sourire au-dessus du comptoir. Les deux yeux noirs nous suivent jusque dans la rue. Le restaurant est vide. Soupe de coquillages et poissons. Il y a un bar dans une petite rue près du port. C'est à deux pas. La salle est minuscule avec des guirlandes de lumières blafardes. Une ampoule sur deux. Assises sur des chaises, de grosses femmes nous dévorent déjà. Ce sont deux putes pas chères, en chair et très laides. Laides à faire frissonner. J'ai froid, je rentre. J'attends l'aube. Le matin est clair, avec des restes de brume sur les collines. Il faut reprendre la mer.

B.

Paris, 18 novembre 1993

R.

Je suis un marin en continu, habitué aux escales légères, ivre d'une liberté indomptée. Je suis de retour des Andes du Sud.

Je chasse l'hiver de la cité engorgée de tumulte. Je t'offre le printemps du monde, celui de la Patagonie, de l'île de Chiloé, celui de l'Inde du Nord, du Sanzkar, de la Mongolie extérieure. Je t'offre le printemps à peindre soi-même comme on l'entend. Me voici dans la ville, j'ai posé mon stylo bleu quelque part en arrivant à la maison, entre le frigo et le placard à chaussures. Je n'aime pas les retours. Je me heurte au vide. Je perds l'équilibre. Je n'aime pas retrouver l'habitude. Alors, je repars immobile, avec un objet, un livre, une photographie. Je repars vers le bleu sombre des lacs andins, les bords ourlés d'écume blanche, les *rios* gonflés par la fonte des neiges, en fuite vers la pampa desséchée. Il y a des bandes de lumière vive en écharpe autour des volcans de glace, des grondements de séracs, des effluves de souffre venant des profondeurs de la terre. Je n'ai pas eu le temps là-bas de t'écrire qu'il y a une grosse lune sur les Andes chiliennes qui se couche paresseusement entre deux crêtes de neige fraîche. Tu te retournes, un peu essoufflé, du côté argentin et c'est le soleil qui se lève. Magie patagone. Il y a des chevaux sauvages, des ânes, des pumas qui feulent la nuit sur ton passage.

Là-bas, rien ne s'écrit. L'éternité efface le quotidien. L'histoire des hommes est enfouie sous la tourbe et pourtant, le soir, la vie semble pleine et active. Le feu de bois de ton bivouac est plus bavard que la radio de Buenos Aires. Le soleil tue les ombres de la plaine.

Les chevaux boivent l'eau glacée du Rio de la Muerte. Ils t'emmèneront dans la poussière, sur la pierre noire, instable, du Cerro-Torrez. Ils te porteront jusqu'à l'estancia misérable du *señor* Juan ! Il est si vieux qu'il ne monte son cheval roux que le dimanche, avec son couteau de gaucho dans la ceinture brodée et son chapeau devenu trop grand pour sa tête de futur mort. Mais il sourit, Juan, avec une dent et un œil fermé. Bagarre de jeunesse pour une femme de passage. Personne ne reste ici, que le *señor* Juan. Et il rit de contentement en te caressant la main avec une paume calleuse qui te râpe comme un vieux bois.

Tu es du voyage. Il a calé ton fauteuil près des braises. Il a empalé pour toi un mouton sur une croix de fer. L'*asado* du jour. La graisse ruisselle sur l'échine jusque dans la braise d'un bois séculaire. Il a ramassé les racines sur les bords du fleuve. C'est un bois torturé et noueux qui pète comme la châtaigne de chez nous. On en trouve parfois enchevêtrés depuis de longs hivers. Ce sont de grandes sculptures fichées sur la grève. Tu peux y voir des bœufs sauvages, des serpents, des licornes, ou un enfant monstrueux.

Rien ne bouge par ici, que le condor mythique planant au-dessus des carcasses. Le cul sur la pierre, tu peux le regarder des heures jouant avec le vent et les courants ascendants. Depuis des millénaires, l'homme envie l'oiseau. Il voudrait voler comme lui. Il finit par y arriver ce têtu avec cette grande voile au-dessus de la tête.

Roland, mange l'orange que Juan a pelée. Il te donne les quartiers entre ses doigts de terre. Il fait si chaud dans la journée que tu boirais l'eau de ce *rio* sans prendre garde à ces cadavres un peu plus haut en amont. L'orange au jus tiède te sauvera d'un ventre gonflé avant l'agonie finale.

Il y a parfois des risques à voyager dans l'ignorance. Nous tâcherons d'éviter ce fleuve-là, l'ignorance. Il serpente partout, il a mille affluents dont les crues soudaines sont dévastatrices. C'est le fleuve des maux, des guerres, des famines, il rejoint par deux fois le fleuve intolérance, aussi boueux que lui. Il est des peuples entiers qui s'y baignent, s'y lavent et se bénissent avec leurs eaux.

Nous avons d'autres chemins et d'autres rendez-vous. Je me débarrasse du jet-lag et j'arrive.

Je t'embrasse.

B.

Marseille, 12 décembre 1993

R.

Je suis dans le Sud pour un petit voyage dans les calanques, un petit voyage pour la peur et le plaisir. Le calcaire est doux et chaud. L'escalade est à ma portée. Je fais des petits progrès. Dimanche je suis passé par Toulon et la presqu'île de Saint-Mandrier, pour voir, juste pour voir. Rien n'a changé. Cette fois je suis resté sous le grand porche de l'entrée avec le piquet de garde. Devant, à l'abri du clapot, la darse enserre une eau sage qui attend l'arrivée des barcasses. Il y a encore les anciennes vedettes grises en bois, celles des officiers et celles des matelots. Elles font toujours la navette entre Saint-Mandrier et Toulon. L'école des mécaniciens de la flotte est un ancien hôpital où l'on soignait les maladies coloniales. Il est imposant, sévère comme un grand amiral. Les bâtiments se regardent par-dessus la cour d'honneur et les pins maritimes. Ils s'ennuient. Même les jours de mistral, le vent n'a que les arbres pour s'amuser. L'endroit est beau. Il semble qu'ici on soit toujours à l'écart, loin des rumeurs. Les élèves avaient entre quinze et dix-sept ans. Ils étaient pupilles de la Nation ou fils de militaire. Il y en avait quelques autres tout aussi perdus. Sous les bleus de chauffe, on trouvait des Camerounais, des Malgaches, des Sénégalais un peu plus âgés. J'ai eu quelques amis parmi eux. Pour entrer à l'école de mécanos, il fallait passer un examen succinct. Ce n'était pas l'école navale. Il suffisait de savoir lire et écrire et d'être un peu doué pour la mécanique. Pour certains, dont j'étais, quinze ans n'était pas encore l'âge d'homme. En entrant ici, il fallait laisser enfance et adolescence au vestiaire sans espoir de les retrouver. Les anciens s'en chargeraient. Ce dimanche, il n'y a pas eu de nostalgie, seulement quelques bouffées. Il me revenait ces soirs étranges à l'école des mousses. Je doute parfois de ma mémoire. Que tu sois bâbordais ou tribordais, tu dors dans le même bateau. L'école des mécaniciens était comme un navire. Les chambrées, comme celles de toutes les pensions, ressemblaient aux postes d'équipage. Plus tard, celui des mécanos, à bord de la *Jeanne d'Arc,* serait une chambrée de plus. Marin, tu restes pensionnaire.

Pensions d'enfants, pensions d'hommes, pensions de mâles sans femelles, jamais. C'est terrible, un univers sans femme. C'est terrible comme l'imaginaire déforme, comme il peut sublimer ou détruire. À l'école tu as quinze ans, tu n'as qu'une partie du puzzle. Ce ne sont pas les mêmes pièces pour tout le monde, celles qui restent sont en rêve à construire. Moi, il me manquait celles de l'amour et des filles. Je ne pouvais construire qu'avec les ragots de chambrées. Avant de m'endormir, j'écoutais les exploits des héros du sexe, des matelots étalons. Ça n'a pas forcément aidé le mousse à avoir confiance en lui. On était encore à l'âge de la branlette et nos fantasmes étaient à la mesure de notre imaginaire. Le mien manquait d'envergure. Je prenais des leçons en écoutant les scènes dominicales de mes aînés. Nous ne sortions que le dimanche et il n'y avait que le dimanche pour les héros hétéros. Pour les autres, c'était plus facile, plus dangereux aussi. Les pratiques homos étaient fermement punies par le code militaire. Eux se gardaient bien de divulguer leurs exploits. Il nous restait pour nous distraire les trompettistes d'Éros, les clairons de l'amour, les mâles à femelles. Il y avait les montées de sève du printemps. Dans la cour d'honneur, les bourgeons des platanes éclataient. La lumière était douce, caressante. La petite secousse d'après-midi, comme beaucoup d'autres, provoquait la somnolence. Le jour finissait en torpeur. L'éternelle file d'attente pour le repas du soir avec le plateau et le gobelet en ferraille m'a définitivement dissuadé de toute velléité de faire la moindre queue dans quelque lieu que ce soit. On reniflait les odeurs, toujours les mêmes, des cuisines d'équipage. Quelque chose d'indéfinissable entre le bouillon gras et la serpillière sale, la bière et la vinasse rincée à la Javel. Ça ne ressemblait qu'au dimanche et à la solitude cafardeuse des hommes-enfants. Les histoires en fragments se perdaient en murmures. Après, il y avait la clope allumée sous la galerie, une « troupe » offerte par l'État. On se reconnaissait dans les groupes, ch'timis, corses, mocos, bretons. À l'extinction des feux, on écrasait virilement les mégots pour rejoindre les bannettes.

Nous savions que, la dernière note du clairon évanouie, il y aurait un silence annonçant les trois coups, qui proposerait aux plus hardis de conter leurs bordées du jour. J'étais désespérément naïf, je le reconnais, ingénu et profondément ignorant. On ne parlait pas de ces choses-là à la maison. Il me semblait que la honte planait sur le sexe. Les yeux grands ouverts dans l'attente, je fixais la couverture grise qui pendait du lit supérieur.

Fanfan était grand pour son âge, très fort, avec des mains de femme, un nez de traviole, une voix d'homme mûr et un accent du Sud impossible. Il nous racontait Mariette, la femme d'un second maître de l'arsenal. Il suffisait de se renseigner sur les jours de service du bonhomme pour aller rendre visite à sa dame.

— Cet après-midi, en la soulevant, je l'ai clouée comme un papillon contre le mur. Elle battait des ailes. Elle criait. Je la giflais. Quand je voulais m'arrêter, elle gueulait : Continue, il n'y a que toi qui me fais du bien.

Abasourdi sous le drap épais, je tentais, le cœur battant, de comprendre comment elle pouvait faire le papillon contre le mur, avec un mec qui lui balançait des allers-retours.

— Elle ne savait plus comment elle s'appelait. Elle grimpait aux rideaux. Viens sur le pivot de la joie, je vais te faire tourner comme un hélico et tu vas décoller.

J'imaginais le vol de la fille au ras des poutres. Je me recroquevillais sur mon impuissance. Je ne voyais pas comment j'allais pouvoir rivaliser avec Fanfan. Il vantait le travail jusqu'à épuisement du vocabulaire.

— Je l'ai chauffée à blanc, elle pissait comme une chienne. Pour la punir, je l'ai traînée sur la terrasse avec une bouteille de bière dans le fion. Elle mordait dans un torchon tellement elle jouissait.

— Pourquoi elle mordait dans un torchon ?

— Par discrétion pour les voisins, Dugenou.

— Quel gland !

— Quand je suis parti, elle s'accrochait encore à mes couilles. J'ai failli rater la dernière barcasse. À la porte de l'arsenal, j'ai même salué le second maître. Salut chef, que j'ai dit ! Beau dimanche ! En arrivant dans la darse, j'avais encore la trique.

Beaucoup de rires et d'insultes saluaient la prestation de Fanfan. Moi, j'étais épuisé.

Parfois la ronde de nuit et le départ des piquets de garde gâchaient le plaisir solitaire de certains. Les mêmes histoires se répétaient et il n'y avait que moi pour y croire. Pendant que les blasés roupillaient, que les autres rêvaient, mes cauchemars commençaient. Des filles venaient me supplier de faire l'hélicoptère ou la toupie cosaque. Je me réveillais une craie dans la bouche et une pierre dans le ventre. Ma vie amoureuse s'annonçait difficile.

Quelques mois plus tard, j'avais un peu grandi. Je m'étais rendu compte qu'aux douches, malgré les différences, aucun âne monstrueux, aucun centaure n'était capable de soulever des montagnes avec sa verge. J'ai appris que Fanfan, le dimanche, allait rejoindre sagement sa famille du côté de Bandol. Il y connaissait une petite Mariette de seize ans qui travaillait à la boulangerie et qui, juré sur toutes les putes que j'ai connues, ne savait pas faire le papillon. Le repas de midi était à l'ail et à l'huile d'olive. Il s'éternisait sous la tonnelle de cannisses. Il y avait le regard attendri de la mère, la somnolence du vieux et le sourire timide de Mariette, encore vierge, qui rêvait déjà d'être la femme d'un marin de la Royale. Elle caressait le pompon rouge du bonnet à coiffe blanche en rêvant au bonheur de ses enfants.

Jusqu'à cette escale de Wellington, je n'avais cessé de reculer devant l'amour et le désir. Il fallut cette femme rédemptrice pour renaître.

J'étais juste venu grimper dans les calanques.

B.

— *Je voudrais caresser la nacre chaude et lumineuse avec mon front.*

— *Moi, je voudrais faire rouler des perles noires entre les seins des filles.*

— *Je pourrais voir ?*

— *Bien sûr ! Les métisses sont très belles, chinoises et maoris. On a importé la main-d'œuvre chinoise au* XVIIIe *siècle pour les plantations de cannes à sucre et de coton. Les frégates qui les ramenaient de Cancoon étaient armées comme des bateaux négriers. On achetait aussi des esclaves aux roitelets des archipels voisins.*

— *Pourquoi tu me racontes ça ?*

— *Parce que c'est la vérité. Le paradis des anthropophages n'est pas une terre pour* popaas *en mal d'exotisme.*

— Fiu *! Je dis :* fiu *— lu sur l'ordinateur dans le lexique pour touristes.* Fiu *— soupir, lassitude. Tu me fatigues ! Fais-moi rêver !*

— *On a apporté la lèpre, la syphilis et la tuberculose. Ils étaient vingt mille en 1840. Il en restait deux mille en 1926 et ils continuent de sourire.*

— *J'ai l'adresse d'un prêtre à Hiva Oa.*

— *Tu sais que les îliens proposaient leurs femmes et leurs filles aux voyageurs ? La lumière n'éclaire pas les formes, les couleurs, les montagnes, les corps ambrés, disait Chadourne, elle les béatifie.*

Toulouse, 8 janvier 1994

R.

Et c'est parti pour la tournée.

Une série de cinquante représentations de *L'Aide mémoire* à travers la France.

Toulouse est une éponge rose gorgée d'eau. Il pleut. J'ai vu le cloître des Jacobins et l'église Saint-Sernin.

Ce matin, une petite bonne femme rentre dans ma chambre pour faire le ménage avec son histoire sur le visage. Va déchiffrer un visage asiatique ! Elle me sourit, elle s'agite, s'affaire et me bouscule de mots : un chaos de français à la vietnamienne. Elle est douce et douloureuse. Elle me connaît bien, elle m'a vu souvent à la télévision. Avec sa fille, elles m'aiment beaucoup. Enfin, c'est ce que je crois comprendre. Elle ne cesse de parler de moi. Je voudrais parler d'elle. Non, non, sa vie n'est pas intéressante mais la mienne, si. Elle la trouve belle, admirable même. Je m'obstine et contre-attaque : et vous ? Elle ramasse un seau, revient avec des serviettes propres et disparaît dans la salle de bain. J'attends. Elle parle. Il faut être attentif. Depuis 1982, son français n'a guère fait de progrès. Tu saisis au vol et dans le désordre qu'elle parle anglais, qu'elle était professeur de maths dans une école à Saïgon. Son mari était capitaine pilote dans l'armée. Pour raisons politiques, les voilà obligés de fuir leur pays. Le beau capitaine — elle ne m'a pas dit qu'il était beau mais je préfère qu'il le soit — s'arrange pour embarquer sa femme enceinte et sa fille dans un avion pour les States. Elle accouche sur la piste, ou presque, avant le départ. L'avion décolle sans la petite bonne femme. L'officier est arrêté. Elle attend cinq ans. Il meurt sans la revoir dans une prison du Nord. Il faut partir. Mais la liberté est chère — dix-sept mille francs plus trois cents grammes d'or pour une croisière en galère vers la Malaisie avec son fils et sa fille. Cent cinquante personnes sur un bateau de pêche pour cinq hommes d'équipage. Il prend l'eau. Tout le monde écope. On meurt, on jette à l'eau, on fait de la place. Enfin, la côte. On échoue sur une plage faute de gouvernail. Elle est vivante, ses enfants aussi. Tracas administratifs et suppliques au consulat. La France dit oui.

La petite bonne femme sourit toujours, un peu gênée. Je suis contente de faire le ménage ici. J'ai beaucoup aimé *Passion d'amour*.

Et moi, je suis toujours le cul sur ma chaise en espérant qu'une décharge électrique viendra me sauver d'une torpeur terrassante.

Elle est partie comme elle est venue avec son jardin piétiné.

Bonne journée, monsieur !

J'ai regardé longuement l'éponge rose gorgée d'eau et cette grosse gouttière au coin du toit.

Je pense à toi. Je t'embrasse.

B.

Saint-Etienne, 18 janvier 1994
Tournée de L'Aide mémoire

R.

La tournée est gaie. Les salles pleines sont réjouissantes.

Il y a un parfum indéfinissable dans les coulisses des théâtres, que j'ai retrouvé avec une étrange délectation. C'est un mélange de fards, de poussière, de peinture écaillée. Il y a des remugles indiscernables qui viennent des dessous, une odeur de suif, de bougie froide, de vieux bois.

La lumière du jour ne vient jamais dans les coulisses ni sur la scène.

Quand nous arrivons pour voir le plateau, il y a toujours un clair-obscur sinistre que tente d'égayer une pauvre ampoule électrique pendue aux cintres. Quelquefois, elle est sur un pied en bois au milieu de la scène. On la nomme la servante. Moi, je l'appelle la blafarde.

Il y a une fascination, un charme irrésistible. Ça attend ! Ça attend les gens, le brouhaha, les rires, la claque, la soudaine illumination.

Avignon s'ennuyait l'autre soir, dans l'hiver. Même le mistral était venu au théâtre.

Il y a des théâtres où dans ta loge une fleur t'attend. D'autres où ils ont oublié les loges. Il y a des théâtres qui aiment le théâtre. Il y a des halls de gare transformés en théâtre et des théâtres où il n'y a jamais un train à prendre. Il y a des théâtres où il fait froid, toujours, et d'autres qui sont des cocons. Il y a des théâtres-bonbonnières, des théâtres en béton. Il y a le théâtre-gravats et les casinos-théâtres où les jeux se confondent. La scène est aux croupiers, les acteurs se hasardent.

Il y a toujours une rue du théâtre, un café du théâtre, des fous de théâtre. La ballade est jolie, pas toujours ! Les bateaux sont ancrés au cœur des villes ou dans les banlieues inaccessibles. Il y a parfois sur la lèpre des murs des affiches avec des noms oubliés.

— Que cherchez-vous, monseigneur ?

— Le théâtre !

— Vous aussi ! J'aime le brouhaha, les murmures, le noir en fondu et le silence qui impatiente. J'aime le rideau qui se lève lentement, très lentement, comme une robe. J'aime la lumière et les acteurs enfin. Tout est faux mais j'y crois.

— Savez-vous qu'il y a peu de temps encore, nous bastonnions les traîtres et insultions les barbons ?

— Seuls les acteurs sont vrais. Cependant ils jouent, et mieux ils jouent, plus ils sont vrais. Notre quotidien n'est joué que par de mauvais acteurs.

— Le théâtre se vit. Il est acte du moment, éphémère et dérisoire. On m'ennuie toujours à théoriser le théâtre. Je n'ai pas dit terroriser.

Roland, je joue encore un peu et je rentre.

B.

TGV Lyon-Paris, 4 février 1994

R.

Le Rhône est sombre, bordé de neige. Le jour va se lever. Je suis entre Lyon et Paris. Le TGV bouge. J'ai un peu de mal à écrire. Les représentations à Saint-Étienne ont été heureuses. Cela compensait la tristesse de la ville sous la neige sale. J'ai finalement pas mal travaillé sur mon scénario pendant le séjour. J'ai hâte de voir mes enfants. Je n'ai pas sommeil malgré l'heure. Ça me laisse le temps de t'écrire quelques inepties. C'est vrai que c'est beau, ce matin bleu piqué des lumières de la ville. Utrillo a peint la neige entre les rails et les petits villages du Lyonnais. Quelques néons bavent du fluo entre les toits. Le jour se lève. La campagne est comme une page de Gogol ou de Tolstoï. C'est une image en scope, un écran géant. Une brume rose et blanche voile la lisière des forêts. Les peupliers immobiles gardent les prés glacés. L'aquarelliste a du talent. C'est cela qu'il faut filmer. L'heure où la magie absorbe la réalité. Un livre d'images avec des contes pour enfants.

L'année 1993, celle des treize lunes, est morte et bien morte, vive 1994. Espérons que la légèreté et la fantaisie ne nous abandonnent pas. Décidément, ce train doit rouler en dehors des rails. Pardonne ce désordre des signes sur le papier. Je vais me chercher un café au bar et je reviens.

Incroyable, mon vieux Roland, mais le cabaret Michou alimente en barmaids le service restauration de la SNCF. Un vrai travelo avec une bouche en cœur peinte en rose pâle m'a souri, elle avait des dents de vampire, une jupe de cuir noir, posée sur les fesses comme un couvercle. Il y a du spectacle à la SNCF. Le contrôleur aurait pu jouer dans un film de Jacques Tati. Il avait la casquette relevée sur le front et la bouche abandonnée sur le menton. Il a poinçonné mon billet avec la nonchalance de Robert Mitchum. Mais comme c'était un film de Jacques Tati, il avait la gueule d'un contrôleur de la SNCF.

Une geisha de banlieue regardait la plaine blanche avec une infinie tristesse. Son rimmel coulait sous une larme échappée, l'émotion sans doute. Quel beau film !

Le jour s'est levé et c'est bien dommage. Il est gris sale... Imagine un mauvais fusain qu'une mauvaise gomme aurait tenté d'effacer. Tant pis, je n'ai pas de gomme neuve pour arranger ça. Les fumées paressent, elles hésitent à sortir des cheminées. C'est trop moche dehors et il fait froid.

Le café était bon, le train confortable. Toi qui aimes les voyages, je t'ai emmené sur le Lyon-Paris, pas très folichon, pardon. Nous ferons mieux plus tard, entre Terre et Pluton. Je ne sais pas si c'est beaucoup plus folichon ! On s'emmerderait sans les cons, les bagnoles, la bouffe et le pinard ! Dans l'espace, ton char serait plus maniable — tu serais le Ben Hur de l'éther et moi le nouveau Jedi. Ils nous foutraient dans un jeu vidéo et au moins, on s'amuserait avec les gosses.

Exit la neige, apparaissent les cultures. Des îlots d'arbres se logent au milieu des labours et les poteaux électriques s'ennuient, ils tiennent leurs fils avec beaucoup de sérieux, très raides, mais on sent bien qu'ils aimeraient se baisser pour mieux voir les lapins leur passer entre les jambes. Les ponts font le grand écart et les routes se marchent dessus. Le train s'enfuit. Avec le nez qu'il a le TGV, on dirait qu'il piste le train précédent. Je n'ose même pas relire ce fatras d'écolier. Je t'embrasse.

À bientôt.

Je vais partir en Afrique pour les repérages des *Caprices d'un fleuve.*

B.

Casamance, 8 mars 1994

R.

Je n'ai qu'un cliché surexposé à te proposer, pris par un regard furtif, après quelques jours d'éblouissement solaire sur les pistes de terre blanche poussiéreuses entre les palétuviers assoiffés.

J'apprends avec effarement qu'il neige, vente et glace à Paris-sur-Seine. J'espère que tu n'as pas profité de cette froidure pour te foutre au lit avec une nouvelle grippe. Avant que tu aies reçu cette lettre, je serai de retour. Le ralenti africain, art consommé sur ce continent, ne permet pas au courrier de changer les traditions. Ce sera donc lent et long avant de me lire.

Il y a sur la table du petit déjeuner un oiseau à tête noire, huppette jaune, ailes bleues et queue rouge, qui finit un pain aux raisins. Il fait la loi et ne laisse aucun autre volatile approcher son repas. C'est la guerre des miettes.

Les rizières sont en vert du côté de Diembering. Il y a une source d'eau claire qui surgit d'un bouquet d'épineux. Les mangroves s'ennuient de la marée suivante. Sur la grande plage, il y a des bois pétrifiés. L'océan mange la brousse. Un dauphin s'est échoué, une peau d'ardoise au soleil. Une pirogue brisée s'ensable. Des vaches noueuses broutent l'écume, leurs sabots brûlants sous la vague. Il y a un marais entre les bolons. Les îlots ont des toupets de palmes. Sur les tumulus, nichent les aigrettes. Il y a une mouche, ici, qui tue les chevaux. Je ne pourrai pas tourner. Vers M'Lomp, la forêt de fromagers abrite les esprits. Les racines sont des bras. Les sages y dorment après la palabre. Les enfants n'ont pas peur. Un tronc s'abat sous les haches, il deviendra pirogue du fleuve. Près de la cabane aux grigris, on saigne un poulet. Le prêtre espagnol parle diola et blague avec les vieux, et même avec leurs dieux. Il n'a rien refusé à l'animisme. Il est drôle et vif. Sa faconde réjouit. Il est un Diola blanc. Il encourage, il organise les fêtes, l'école, l'agriculture, l'artisanat. Il sillonne ce bout de Casamance avec une énergie indestructible. Il ne maigrit pas. Ça le désole. Son cœur s'use.

Il y a un magicien qui est venu de France. Il fait apparaître et disparaître les billets de cinq mille. Ils veulent tous l'avoir comme associé. Il jure qu'il n'est pas sorcier et que le billet de cinq mille est toujours le même. Personne ne le croit.

Voici une histoire de roi et de reine, Roland.

Au début du siècle, le roi d'Oussouye, désobéissant, fut enfermé par les autorités françaises. Les lois de sa chefferie lui interdisaient de manger devant les étrangers. Il mourut de faim. Pour d'obscures raisons, on garda son corps pour le musée de l'Homme à Paris, où l'on peut voir son squelette. Ici, à Oussouye, on réclame les os du grand roi, mais en vain.

Dans les années 30, la reine de Kabrousse, Aline Sitoé Diatta, entendit des voix et eut des visions, comme notre Jeanne. Elle encouragea son peuple à lutter contre les colons français. Elle fut arrêtée et mourut du scorbut à Tombouctou après dix années de captivité.

Je laisse à ton appréciation ces deux faits édifiants.

Je remonte le fleuve Casamance jusqu'à sa naissance. Je remets une lettre que l'on m'avait confiée à un vieux prêtre. Il est seul dans une ancienne léproserie sans électricité, sans eau. Les poules vivent dans sa cuisine, les poussins sur la table picorent les miettes. À la tombée du jour, il se couche. Je reste au bord du fleuve, les chauves-souris me taquinent et ricochent dans la nuit. Je repense à une petite conversation que nous avions eue. Nous parlions des femmes. Sujet inépuisable et si mystérieux pour toi, pour moi aussi d'ailleurs, définitivement. Tu m'as demandé de te décrire celle que j'ai aimée, que j'aime et que j'aimerai. J'étais bien embarrassé. Peut-être que ce soir le fleuve lisse comme une fille me donne l'envie de te répondre. C'est une page pour nous, pour toi. Duras écrivait l'histoire de cette femme à la recherche du marin de Gibraltar, moi je suis ce marin à la recherche de cette femme. Elle s'échappe toujours. Elle ne se dessine jamais tout à fait. C'est un ruban qui se dénoue sans cesse, un tissu de soie ou de satin qui ne reste jamais sur les épaules et qui glisse inexorablement. Faut-il pour cela aller voir un sorcier du Niger, un marabout du Bénin ou pire encore un thérapeute lacanien ?

Je t'embrasse.

B.

Tambacounda, à l'est du Sénégal
12 mars 1994

Ne croyons pas toujours à la beauté des choses et à la bonté des hommes, mon vieux Roland.

L'Afrique que j'aime n'échappe pas à la cupidité et à la bêtise. Elle développe, anarchiquement mais en conscience, une corruption coupable. Il y a comme partout dans le monde de gros enfoirés d'Africains qui sucent leur pays par tous les trous. Il ne reste que la coquille et ils la passeront au pilon pour faire du béton. Nous ne détenons pas avec les Balkans la palme des atrocités. Nous nous valons bien, monseigneur. L'Afrique a comme les autres ses ministres dégoulinants de la sueur des autres, sourds aux gémissements des autres, attentifs aux privilèges des autres plus privilégiés qu'eux. Retour à la case départ. Que disent Hampaté-Ba et Tierno Bokar dans leur tombe ? Les rois nègres sont de retour. Résultats des courses pour les places de cour : les soldats du roi impayés, ou si peu, se payent sur la gente déjà désargentée. Rien ne change, monseigneur, vous le voyez bien.

Deux flics nous arrêtent. Deux comme ceux qui rançonnent légalement les « cars rapides » du côté de Rustique et de Thies.

Je glisse un billet de mille dans le permis de conduire ou non ? Et merde !

— Je vous prierais de présenter les papiers du véhicule ainsi que votre permis et votre passeport. Vous avez fauté.

— Voilà ! (Il n'y a pas de billet dans les papiers.) J'ai fauté ?

— Ligne blanche infranchissable, franchie par vous-même.

— Il n'y a pas de ligne blanche, monsieur le gendarme.

— Je suis policier.

— Elle est effacée, monsieur le policier.

— Oui, mais vous devez savoir qu'elle existe. Vous avez gagné une amende, je vais remplir les formulaires.

— Je n'ai pas franchi la ligne puisqu'elle n'existe pas.

— Si, vous avez doublé un vélo et franchi la ligne, ce n'est pas parce qu'une chose est invisible qu'elle n'existe pas.

Sur ce dernier point, j'aurais pu être d'accord si cet empaffé n'utilisait pas la sage philosophie africaine au profit de son porte-monnaie. Je sais que les gendarmes sont sous-payés mais je le boufferais tout cru, ce gros lard maquillé au charbon de bois. Le tas sans bretelle accompagné de son double, dont le pantalon ne tient que parce que sa cambrure exceptionnelle se termine par un cul d'éléphant, me réclame deux mille francs en représailles de n'avoir pas glissé mille CFA dans mon permis.

Il fallait respecter les coutumes.

Contestations, cris bordés d'injures, sus aux escrocs, je paye. Il y a trois véhicules derrière moi qui attendent, des types sans le rond qui connaissent la musique. Ils se cotisent pour les mille francs. Ils ferment leur gueule parce que le pouvoir est en face et que l'illettrisme est en kaki. C'est valable partout, mon vieux. Je me dis que si un jour il a le pouvoir, le petit Moussa Diop, le vendeur de paniers, je concevrais assez bien qu'il maltraite les deux mandarins du macadam. Mais Diop est honnête et doux comme un pigeon.

— Tu as de la chance, toubab, que je ne t'emmène pas en prison pour insulte au président.

— Je n'ai pas insulté le président !

— Je représente le président, monsieur le blanc arrogant.

Je ronchonne. Tu imagines, là-haut, la valse des subventions, les cascades bancaires ?

Et Mima, elle, trime avec son gosse sur le dos.

— Y a de la chance, Yeux Bleus, nous on n'a pas la guerre.

— Tu as raison, Mima, on n'a pas la guerre mais il faudrait la faire contre les profiteurs.

Tip-Top la Bielle est mécano. Il est dans l'opposition. Il va aux réunions pour gueuler. Ça fait du bien. Il gueule fort, Tip-Top. Il paye pour ouvrir sa gueule : passage à tabac la nuit, menaces. Il a peur pour ses filles. Ce n'est pas un crime le viol, monseigneur ! Bien sûr que si, Dupneu !

— Tu vois, Yeux Bleus, l'Afrique, c'est une belle fille qu'on viole. Elle se fait piquer et elle ferme sa gueule. Elle ne sait pas se défendre.

Tip-Top agite ses grands bras.

— Vous aussi, les blancs, vous l'avez bien piquée, l'Afrique. Mon père, on l'appelait De Gaulle. Il était grand comme Charles. Il était tirailleur. Il a perdu une main. Comme cadeau, il a gardé son uniforme. Il a eu de belles médailles, il n'a jamais eu la pension. À sa mort, j'ai tout enterré avec lui. J'ai enterré mon père et la France. J'ai beaucoup pleuré, toubab, et j'ai pissé sur les médailles.

— Tip-Top, on parle de corruption, des salopards qui volent leurs cousins, des faces de noix qui ne songent qu'à se remplir le boubou de CFA. Je parle des outres à millet qui se font reluire le *bengala* gratos par toutes les gazelles du village qui rêvent d'un avenir meilleur.

— Moi je parle de l'homme, mon frère, il est pourri sur pied.

À propos de *bengala,* au café M'Balo, il y a deux blondes minées, sans racines, qui se ventousent à deux musicos enfumés.

— Elles viennent sucer du Zan, rigole Tip-Top. Ici, Yeux Bleus, si autour de toi tout le monde devient malhonnête, toi tu deviens con comme une chèvre. Moi, je ne deviendrai pas chèvre. Il y a un proverbe qui dit : *laisse pisser mouton, tabaski viendra.* Moi, je laisse pas pisser.

Mima sourit. Elle est belle. Elle tente de sarcler des pastèques. Ça la fait rire, les hommes.

— Tu veux pas m'acheter des mangues ?

Mima s'essuie le front, réajuste son boubou sur une poitrine encore ferme. Je parie cinq mille CFA que sous peu, elle aura deux langues de bœuf à la place de ses petits melons. Pauvre Mima.

Elle prend l'argent des mangues, son regard me torpille, je coule. Tip-Top se marre.

— On y va ? demande Tierno qui a eu très peur d'aller en prison avec moi. Tierno n'a pas de permis. C'est moi le chauffeur.

Je t'embrasse, Roland. Je bois du jus de gingembre à ta santé. Ici, c'est mieux que le bordeaux ! Il ne me manque pas, le petit Ormes Sorbet que tu as certainement débouché hier soir. Sois serein.

B.

Saint-Louis du Sénégal, 20 mars 1994
Repérages

R.

Saint-Louis. Je sais beaucoup d'elle. J'ai l'impression d'y avoir passé mon enfance. Le film se tournera là, le fleuve est irrésistible jusqu'à la barre. Je chevaucherai sur la langue de Barbarie avec deux cent cinquante cavaliers. J'imagine le frissonnement des encolures, les bêtes ivres d'écume. Je devine les philaos dans la brume de mer, les voiles qui claquent sous le vent d'ouest. La musique sera comme le fleuve, une basse continue. Les chants s'envolent déjà au-dessus de l'estuaire.

Saint-Louis est à la frontière du Walo et des territoires maures. Les expéditions remontaient à Galam pour l'or, l'ivoire et les esclaves. Trois mois de galère au profit des compagnies. Sur toute la côte de la Sénégambie, les équipages des navires embarquaient les hommes, les femmes, les enfants, tuaient les récalcitrants. Le silence du siècle des Lumières était assourdissant.

Ce sera le parcours initiatique, la prise de conscience d'un homme aveuglé par le luxe et le confort de sa condition. Il est des ignorances aussi coupables que le silence.

La Révolution est en marche, inéluctable. Le peuple, lui, se réveille. Mais la France est loin. Dans son palais de sable, le héros de cette histoire ne connaîtra pas la tourmente révolutionnaire. Son destin est ailleurs. Il est un autre voyage à faire, un amour inattendu à vivre, une culture à deviner. Il connaîtra le peuple noir, qui n'est évidemment pas « le plus évolué des peuples singes ». Il rencontrera la *signare* Anne Briseau, la métisse, et Amélie Maimouna Ba, l'enfant peule, l'esclave cadeau d'Akmed Moktard. Il vivra l'Afrique comme peu de blancs l'ont vécue à cette époque. Les déchirements, les doutes jalonneront le fleuve de sa vie africaine.

Il tentera sur une terre neuve mais déjà bafouée de faire cet *Éloge de la différence* qu'Albert Jacquard n'écrira que deux siècles plus tard.

J'ai vu la danse des femmes sur les quais. Je conçois que certains prêtres, troublés, aient écrit n'importe quoi sur l'Afrique. Pas tous, naturellement. Beaucoup ont pactisé avec le diable africain.

Ba souba, à demain (c'est du wolof).

B.

Saint-Louis du Sénégal, 21 mars 1994

R.

J'ai rêvé d'une femme, Roland, j'en rêve encore.

Elle est comme un fleuve africain, paresseuse et violente, sinueuse, à la quête du plaisir.

Ses rêves cherchent une grève, comme ce piroguier qui semble, à contre-courant, ne jamais pouvoir atteindre son but. La peur motivée ou enfermée. Alors elle se nourrit de parfums, d'un autre mystère, elle réinvente le désir. Les lèvres gonflées, elle laisse l'eau tiède de l'orage soulager la brûlure et pourtant, elle l'a souhaitée encore. Elle attend le geste, la caresse du doigt sur la peau tendre. Il y a l'ambre et l'anthracite ; elle n'est ni l'un ni l'autre. Elle est douce derrière la cuisse. Abandonnée, elle attend une bouche au creux des reins. Rien ne calme la délicieuse douleur au bas du ventre. Il y a un endroit lisse, humide comme un fruit d'hivernage, une mangue chaude à prendre en somnolence. Il faut boire le plaisir impatient et se laisser prendre dans l'ombre lourde. Elle est retournée, fouillée, bue, demandant la chair gonflée, avide. Prendre sans retenue, dégrafer la pudeur. Sentir la main cambrer les reins, le sexe pénétrer. Son corps est offert, bousculé puis rassuré, caressé. La tension du désir est au bout du cri, étouffée dans la nuit des secrets. Mêlée à l'ombre, contre le mur encore chaud, elle laisse le plaisir couler entre ses jambes. L'autre, là-bas, qui passe, pourrait aussi la prendre. Il suffirait d'un signe pour qu'il plonge sa queue noire dans la brûlure, les cuisses dures contre ses fesses. Elle tremble pour cela, pour ce plaisir, pour cette douceur et cette paix, pour cette violence en elle.

Mais la femme noire, sous le tissu bleu, a mal de son rêve solitaire. La pluie tiède, seule, coule sur ce ventre oublié.

Diama n'gn yendou, bonsoir !

B.

Saint-Louis, 22 mars 1994

R.

Ce matin, je pars vers l'est pour Bakel, à la frontière du Mali. Je veux voir le fleuve à cet endroit en larges courbes qui creusent les falaises de terre rouge. Je suis dans un petit monomoteur avec un fort vent d'est. Nous avons une réserve de carburant en bidons de dix litres empilés sur les sièges arrière. Sage précaution. Nous n'avançons pas, il faut se poser sur une ancienne piste militaire isolée au milieu de la brousse et refaire le plein. La chaleur nous assomme. Le terrain est un four. Un berger nous regarde de loin sans oser s'approcher. Il a un bonnet de laine. Il flotte au-dessus des herbes. Il ondule. Les chèvres envahissent la piste. Il faut les chasser. Nous repartons. Le vent augmente. Nous espérons très fermement atteindre Bakel. Nous survolons l'île de Morphil. Autrefois, il y avait des éléphants, d'où le trafic d'ivoire et la disparition des pachydermes. À Matam, le vent se calme. Le pilote me laisse les commandes. Matam, la ville du marché aux esclaves, doit son nom à *matama* qui veut dire « payer comptant » en toucouleur. Il fallait payer comptant les esclaves que les roitelets fournissaient aux négriers. Avant, elle s'appelait Tiaïdé. Il y a encore des crocodiles dans les bras du fleuve. Le pilote me montre l'aiguille du carburant. Il en reste peu, nous sommes sur la réserve. Bakel est en vue. Il est impossible de trouver la piste. Il y en a une pourtant et le GPS nous indique son survol. Une fois, deux fois, dix fois, nous croisons le point précis. Rien. Il va falloir songer à se poser au petit bonheur dans la brousse ou sur une route sans nids de poule. C'est plus délicat. Un coup de vent salvateur, une tornade, soulève un nuage de poussière. La piste est dessous. Nous nous posons. Il faudra beaucoup de patience pour trouver le dépositaire d'essence et remplir nos bidons. Je vais au fort de Bakel. Toute une histoire dans la courbe du fleuve. Une folie implantée pour le commerce de l'or, de l'ivoire, des esclaves, de la gomme.

Le fort qui est maintenant une petite préfecture semble attendre l'hypothétique ennemi, les Tartares impossibles comme ceux de Dino Buzzati. Jusqu'à Mongo Park, on pensait que le fleuve Sénégal et le Niger ne faisaient qu'un. En 1802, il a prouvé que les deux cours étaient différents et opposés, comme un partage des eaux. Je retrouve ici le livre de Bowles que Claire m'a offert un jour, avec des aquarelles de Barcello, *La Boucle du Niger*. C'est unique. Il faudra que je te le montre. Ils ont su saisir ce découragement à l'impatience, le voile de poussière dans la laitance de l'aube, les pieds nus sur la terre sèche, le silence des rives. Il y a l'invisible mémoire au creux des dunes et sous le pot d'argile. Ils savent dire comment l'homme pressé meurt, exposé sur un tumulus, sans comprendre, le visage brûlé, le sang comme une lave, et comment la femme blanche a le savoir bouleversé par l'autre connaissance.

Il y a, au centre de Bakel, la maison où René Caillié aurait séjourné. Croyons-le. C'est un « pays », tu sais, il est né à Mauzé-sur-le-Mignon, en Charente, près de chez ma grand-mère paternelle qui habitait, elle, la Grève-sur-le-Mignon, charmant ! Pas assez pour que le grand René y cultive les *mojettes* et les cornichons du marais. Il est allé à Tombouctou, la cité interdite, en se faisant passer pour un musulman. Il était allé en Égypte en se faisant passer pour un Maure. Il aurait dû faire du théâtre, cet homme-là.

Je ne tournerai pas à Bakel, Roland, c'est trop loin, trop chaud et beaucoup moins beau que Saint-Louis et l'estuaire du fleuve. Tout est là-bas. Nous repartons vers l'ouest. J'aime voler. Un vent de sable, l'harmattan, se lève. Aucune visibilité. On navigue aux instruments rudimentaires de bord. On économise le GPS qui donne des signes de faiblesse. On tient le cap. Quelques éclaircies nous rassurent. C'est bref ! Quand nous estimons Saint-Louis droit devant, nous demandons au GPS de bien vouloir nous donner la position avant de rendre l'âme. But ! Saint-Louis est en dessous, invisible. Nous tournons à des altitudes différentes. Ce n'est que très bas, au-dessus de la ville, que nous voyons les toits, le village de Guet N'Dar, le pont Faidherbe et un bout de la langue de Barbarie. Le pilote est doué. Il retrouve la piste.

Tu n'as pas eu trop peur ?... Moi non plus ! C'était comme j'aime. J'ai simplement regretté de n'avoir pas vu le delta, le parc de Djoudj où un jour il faudra que je vienne sauter à quatre mille mètres avec un parachute arc-en-ciel ! Je descendrai sous la corolle comme un gros papillon. J'aurai autour de moi une cour de pélicans et des hordes de chevaliers combattants. J'atterrirai dans les roselières au milieu des nids. Je vois déjà le cul des phacochères derrière les acacias, près du marigot aux nénuphars.

L'harmattan s'est calmé, le vent de sable a poncé les couleurs. Il va falloir que la brise de mer repeigne les acacias, le blanc de l'écume et le tissu des femmes. Elle apporte les voix d'une chorale, un cantique chanté en wolof. Les brumes se dissipent derrière les philaos. Le ciel se teint d'un bleu trop longtemps oublié.

B.

Gorée, 4 mai 1994

R.

J'ai trouvé le palais de mon gouverneur à Gorée. Il est la réplique exacte de celui que possédait le marquis de Boufflers en 1787.

Dans une salle abandonnée de la mairie, j'ai retrouvé une toile peinte. Le gouverneur reçoit les notables. Il y a Anne Pépin, la *signare* qui deviendra sa maîtresse puis sa femme, « à la mode du pays ».

L'île est une chiure de mouche au large de Dakar. Elle est fière et indépendante. Elle cultive le souvenir de la traite comme une gloire. Les femmes tiennent les commerces depuis toujours. Elles sont goréennes avant d'être sénégalaises. La maison des esclaves repeinte en rose s'ouvre aux touristes. La nuit, quand la mer s'agite, on entend des bruits de chaînes et des gémissements.

Il y a une araignée qui attend les bateaux de Dakar. Elle est sur trois pattes et tend la quatrième pour mendier. On la retrouve chez Thiam, qui fait le tour des tables. Après une moisson de pièces, elle vient s'asseoir et commande un Coca. Assis, Moussa l'araignée ressemble à un petit garçon qui rit de ses facéties et fait des clins d'œil aux jeunes filles. Chez les mendiants, c'est l'enfant roi. Son handicap force la générosité du touriste. Il commande à des petits sujets qui viennent en grappes autour de la table. Le roitelet Moussa est à la fois despote et bon. Il offre des Fanta orange et des Coca glacés au peuple enfant. Il est beau et intelligent. Ses mains sont celles d'un maçon avec des cals de pierre sous les paumes. Il refuse les béquilles. En araignée, il fait le plein de sa musette, debout il ne règnerait plus.

Et l'école, Moussa ? Il rit. Et ton corset, tes cannes ? Il rit encore et, sur quatre pattes, rejoint le quai où un bateau va accoster.

Jeanne est chrétienne. C'est dimanche. Elle met sa robe jaune à fleurs rouges. Elle bavarde avec les filles sur un banc. Le mur est taché d'ombres bleues, elle aussi. Elle est jolie. Après la messe, elle vend des pastels. Elle agite ses bracelets de bois et ses perles de verre comme des clochettes. Je vais rester un peu et manger des pastels. *Dïam n'gam diakha bourafet.* Bonjour jolie femme !

Je t'embrasse.

B.

Cannes, 18 mai 1994

R.

J'ai quitté l'ocre d'Afrique pour un ciel de cendre. Ce vieux festival m'a paru le même qu'il y a dix ans. Les montages financiers d'un film sont des exercices de haut vol. C'est une marc aux canards, ici. Je m'impatiente. Sur les plages, les vaguelettes de la Méditerranée s'écrasent sur les galets gris et viennent baigner les pieds des starlettes qui s'ennuient. Un avion passe avec une banderole. Elle vante les machines à sous. Hier, c'était un vol de capotes. Protégez-vous ! Au Carlton, on s'enivre de mensonges et de compliments. On terrasse l'ennui avec un bon mot. On sirote l'acide au comptoir.

Moi, j'ai la tête en Afrique avec *Les Caprices*. Je dois voler de l'argent, mais à qui ? Je reviens demain.

Je t'embrasse.

B.

P.S. Il est cinq heures du matin. Je viens de retrouver cette lettre près du hublot. J'allais faire mon sac, prêt à repartir. J'ai une petite cabine sur le *Lady Jersey*. C'est mieux que le Carlton.

J'espère que tu ne m'as pas vu en pingouin potiche à la cérémonie de clôture. Un dîner a suivi, sous une avalanche d'anecdotes qui n'a cessé qu'à la fermeture des bottes de nuit. Je t'en fais grâce. J'ai beaucoup bu pour ne pas m'entendre.

Le jour se lève : fin du festival, nuages bas comme les profils. On lave à grande eau les ponts, les quais, les coursives, les gueules de bois, les belles évanouies. Le rêve s'étiole. Le miroir s'obscurcit. Les jours pétales se fanent. On boucle les valises.

À l'année prochaine, si la fortune n'a pas sombré dans le dernier four.

En vol, 13 juin 1994

R.

J'ai revu mes enfants, loin de Cannes inutile. Ce fut un fragment heureux, trop court.

Je suis dans l'avion secoué vertement. Le soleil est blanc.

Dans dix jours, je serai au Maroc sur le film de Robert Enrico. Je piétine, je ronge les coins des livres déjà écornés. Saint-Exupéry me hante. Troublant, déchiré, poète candide et malin comme son Petit Prince, Saint-Exupéry l'ami, l'amant, confronté à la réalité douloureuse. Antoine a la tête dans les étoiles, le corps un peu lourd, maladroit sur cette vieille *Terre des hommes.*

Serai-je fidèle à ce qui ressemble le plus à ce que je sais de lui ? Il est l'incompris, « le pic la lune », le distrait, l'écrivain, le conteur. Consuelo un jour lui demande si finalement, il est de gauche ou de droite. Il répond : « Je ne suis ni l'aile droite, ni l'aile gauche, je suis l'oiseau. » C'est peut-être cette petite lâcheté qui lui vaudra quelques inimitiés. Cet homme vole à dix mille mètres au-dessus de nous, écrivait André Breton qui n'a pas toujours été tendre.

J'aurais aimé avoir de l'instruction, comme disait ma grand-mère. Je suis à l'école de ma vie. J'apprends. Je vais te lâcher pour cause de turbulences aériennes. On devrait avoir l'habitude de prendre des notes dans la tourmente, pas moi. St-Ex le faisait.

J'espère que tu t'habitues à mon décousu. Ma pensée cahote, mon regard prend ce qu'il trouve. Il y a beaucoup à regarder. Et puis, tu sais bien que je voyage pour deux.

Je t'embrasse.

B.

— *Attrape mes gauloises dans le dos du char.*

— *M'obliger à tirer la première taffe, moi qui ne fume plus... Ouvre le bec !*

— *Les Maoris des Marquises ?*

— *Ils sont là-bas depuis le V*[e] *siècle. Le premier à venir les emmerder à Tahiti, ce fut Wallis. Le grand créateur Tahaora veille et chasse les Tupapaus, les mauvais esprits. Les Maraes sont des sanctuaires et les Tikis, les messagers des dieux. Tous les voleurs de Tikis ont été terrassés par la colère de Tahaora. Ils ont tous péri de mort violente. Les derniers furent un capitaine et son équipage, en 1933.*

— *Tu lis trop.*

— *Les* Immémoriaux *de Segalen ! C'est très beau la mythologie maorie.*

— *Parle-moi des humains, de ton escale en Pacifique, de ton passage en vareuse blanche et pompon rouge.*

— *C'est loin. J'ai le souvenir du gardénia blanc sur l'oreille des filles, de l'hibiscus rouge dans leur chevelure noire, ondulante sur les reins. Leur sourire est une invitation au plaisir. Il y avait un joueur de tambour, un Pahu-Toere avec un sourire moqueur. Dans les boutiques chinoises, il y avait des tapas en écorce de mûrier ou de banian que les hommes et les femmes se mettaient sur les hanches. Maintenant, elles portent des jeans ou des jupes en skaï et elles roulent en scooter.*

— *Rabat-joie !*

— *Je me souviens d'une mortelle soûlographie entre un Wallisien échoué à Papeete pour retrouver des ancêtres et un légionnaire russe qui voulait oublier les siens. J'ai bu une caisse de bière Hinano, cloué au bar sur un tabouret en bambou. Quand j'ai voulu bouger, le sol m'a sauté au visage et le plafond a basculé, j'ai dormi dans la cour avec les poubelles. Au réveil, un chien me léchait et une vieille lavait à grande eau. J'ai rejoint ma Chinoise au Queen's et j'ai continué à boire.*

— C'est lamentable.

— Oui ! Tu m'en veux ?

— Oui, il faut réparer ça, repeindre tout à neuf avec les vraies couleurs maories.

— Tu peux écraser ma clope ?

— Voilà une de grillée !

— Café ?

— Il est froid.

— Je m'en fous.

Cap Juby, 17 juin 1994

R.

Cap Juby, dans le Sud marocain, fut une des bases de l'aéropostale. Saint-Exupéry en fut le responsable pendant deux années. Il a appris la langue des hommes bleus.

Nous dormons sous des tentes individuelles nichées dans le sable. Je me régale. L'Atlantique frappe lourdement les falaises brunes. Quelqu'un vient d'allumer un feu. Où a-t-il pu trouver du bois dans cet endroit ? Un jour, j'ai vu un homme tirant un petit âne surchargé de branches noueuses. Il venait du désert. L'homme m'a montré l'horizon de dunes stériles. À une journée de marche, il y avait un oued asséché et des arbustes morts.

Des brandons s'envolent et s'ajoutent aux étoiles. Ta clope en braise a fichu le camp avec le vent d'ouest. Te voilà tout nu, comme sculpté dans le minéral.

Où s'en vont-ils ces hommes qui marchent sur la nudité, sur ce lac de sable infini ? Quelques vagues de dunes à peau blonde attendent la caresse de leurs corps. Ce soir, ils s'allongeront sur ces formes, se blottiront au creux de ces mamelons. Ils rêveront entre les cuisses de cette femme de sable. Ils chercheront la source de vie, la sève, l'eau précieuse au fond d'un puits qu'il faudra fouiller jusqu'à sentir entre les doigts l'humidité miraculeuse. Mais la femme de sable se refuse parfois aux étrangers. Elle n'aime que les errants, ceux qui chantent et dansent la nuit sous les étoiles.

Les ombres ondulent au couchant. Le thé mousse dans les verres. L'aiguière d'argent pisse un filet brûlant. Une femme cuit des galettes. Là-haut, le ciel tourne lentement. L'homme a confiance, il sait que ses étoiles ne le trahiront jamais. Quand il s'endort, il a un dernier regard vers elles et il oublie, tout simplement. Demain avant le jour, il lira encore une fois les signes de l'univers et quand l'aube dessinera les dunes, il déchiffrera le passage qui mène au prochain puits. J'ai vu cela pour toi et un instant (je dis un instant, car la folie trouve toujours une camisole), un instant je t'ai vu près de moi la tête en l'air, le nez dans les étoiles avec ton chameau à roulettes, l'éternelle gauloise au coin du bec, à regarder la voie lactée.

Comment tu serais là, toi ? On s'en fout ! Tu serais là, point ! Le Latécoère de Saint-Exupéry nous aurait largués à trois mille cinq cents mètres en chute libre. En tandem, toi accroché devant moi, on aurait regardé la lune éclairer les dunes tout en bas. On aurait balisé avec des feux et on aurait attendu un vent favorable, on aurait, on aurait, on aurait gueulé un bon coup, chanté à l'ouverture de la porte. Le pilote aurait souri (St-Ex bien sûr), il aurait levé le pouce, et hop on aurait, on aurait, on aurait valsé dans les airs à 250 km/heure. Salto arrière, salto avant, tonneau, tour à droite, tour à gauche, 2800 — 2600 — 2500, le camp grossit à toute allure, 2000 — 1800, on se dit que ça durerait bien encore, 1500 — 1300 — 1100... allez on ouvre le parapluie.

Secousse, silence, on plane, les ailes sont déployées. Elles nous cachent la Grande Ourse, la valse est lente, les feux font la ronde, les dunes bougent, nous on se balance et on se fout du monde.

Ils avaient dit : Impossible.

On avait répondu : Impossible, mon cul.

On avait ri et nous voilà dans le désert à regarder les étoiles. Ça fait du bien quand on rentre au bercail de raconter ça aux copains la gueule ouverte, les yeux comme des billes, de leur faire savoir que les rêves, ça existe. Toi, tu rêves et tu crois ce que je dis. Alors je te raconte, je te raconte, parce que toi, tu crois et quand je te raconte, tu vis ce que je fais, tu le fais aussi.

Voilà ce qu'ils découvriraient les copains aux yeux ronds et à la gueule ouverte.

Alors, Roland, c'était pas bien cette chute libre ?

Il y a des musiques et des chants que nous sommes seuls à entendre. Par exemple, les météores, les pierres noires tombées du ciel dans le désert, elles attendent depuis des siècles de raconter leur histoire. Un jour, un scientifique arrive, regarde la pierre et lui dit : « Tu peux parler, moi je connais ta langue. » Il croit connaître la langue des pierres noires, il raconte des histoires sans couleur avec des chiffres. Nous, on passe, on la regarde et hop, on bascule dans l'éther : le voyage commence !

Les exploits des hommes souvent, leur courage aussi, ne sont admirables que parce qu'ils sont capables de s'effondrer, de pleurer, de supplier d'un regard. Celui qui a peur qu'un jour aucune bouche ne s'offre à son désir, cet homme-là est capable avec son avion de suivre l'orbe imaginaire qui le précède parfaitement, avec la grâce de l'oiseau. Il est capable de fondre l'or et l'acier, de construire des machines pour se faire peur, d'inventer la mort et puis un soir, de se poser doucement sur une pierre et de peindre la vie, en mélangeant des couleurs.

Demain, on tourne. J'aurai quarante-sept ans. St-Ex est mort à quarante-quatre ans.

Je t'embrasse.

B.

Cap Juby, 20 juin 1994

R.

Je suis exclu du prochain plan au profit d'une étrange cavalerie. J'ai posé mon cul sur une caisse de munition, une fausse bien sûr, l'aventure du cinéma a ses limites.

Il y a le désert devant infiniment. La brume de chaleur suspend le cavalier. Les chameaux flottent dans l'opacité blonde. Il y a sur la droite un lac de sel, éblouissant, inaccessible.

Une maquette d'avion est posée là, contre le vent.

Les guerriers maladroits attaquent l'oiseau tombé du ciel. Les bêtes hésitent et se fourvoient. Les fusils chargés à blanc ne tirent qu'au hasard. C'est magnifique et dérisoire. Il y a les regards attentifs, l'étonnement des hommes du désert. Ils sont habitués à l'essentiel, l'inutile ne les concerne pas.

Je reviens vers la mer. Des navires sont posés sur la vase. Les cargos agonisent jusqu'au dernier rivet. Ils ne luttent plus, ils attendent. Les grands corps d'acier, immobiles, livrés au supplice des marées, gémissent au vent du large.

Une main touche ton épaule. Un homme sourit et tend un verre de thé. Il suffit de voir les lèvres remuer pour que la vie communique. Tu imagines un visage derrière le tissu bleu.

Il fait chaud. Tu cherches l'ombre. Il n'y en a pas. Alors tu acceptes le carré de coton blanc que la femme te pose sur la tête. Elle entoure ton visage avec des gestes répétés depuis des millénaires. Tout semble facile. Là où il n'y a rien, le geste et le temps se marient. Nous avons laissé à l'oubli la pureté du geste, l'orange délicatement écartelée au soleil... et sur le doigt perle le jus.

La mer est proche, vivante, arrogante. St-Ex et son mécanicien étaient loin de tout, dans un chaos de roches friables figées dans le sable. C'était comme ici. Le *Simoun* démantelé, l'avion d'Antoine, est comme un insecte séché au soleil, la carapace déchirée, les ailes cassées. Cinéma.

Le décor est le même sans doute. Deux hommes au bout de la vie parce qu'il n'y a plus d'eau. Il faudra que l'étoile guide le bédouin avec une outre et une poignée de lentilles pour que la vie continue. Antoine a regardé les traces du petit renard dans le désert. Je comprends qu'il faille s'attacher à ce signe de la vie, comme ce brin d'herbe agité par le vent et qui parle aux autres vivants. Il ne viendrait à personne l'idée de l'arracher. Ce serait comme un coup de revolver pour en finir. Il fascine, ce brin d'herbe. Il est la terre, celle des hommes et de St-Ex. J'aurais bien aimé vous rencontrer monsieur sur ma route, au bout d'une piste, dans un hall d'hôtel ou un hangar d'avion. Ça ne m'aurait pas déplu de froisser de la tôle et de casser du bois avec vous. Vous m'auriez parlé de l'enfance, de la calomnie, de l'amitié, et je vous aurais écouté, apaisé de savoir que l'homme est si fragile, désespéré, toujours. Vous m'auriez désigné l'étoile qui vous a si souvent montré le chemin, qui vous a si souvent trompé aussi. Elle était phare, lumière de la ville, feu de brousse ou lanterne de camion.

Vous m'auriez fait sourire avec ce morceau de constellation sous votre aile, détaché du puzzle du ciel, un village d'étoiles au-dessus des hommes. Vous m'auriez dit que « l'homme ne peut croire à la vertu des mots que s'il a sa vie en otage, que s'il participe physiquement à l'action. » Vous auriez défini *apprivoiser, vérité.*

Je me serais endormi en paix après avoir regardé la stabilité des manomètres dans la nuit, moi qui n'y connais rien en manomètres. J'aurais béni le ronronnement du moteur. J'aurais à peine entendu murmurer le nom des étoiles : Cassiopée, la Croix du Sud.

Votre avion, le *Simoun,* est blessé à mort au milieu des pierres de lune dans le sable du désert. Je ne meurs pas de solitude. Je meurs seulement un peu de ne pas vous avoir connu.

Vous dites : « Rien n'est intolérable », voici un point de désaccord. Quelle étrange impression que celle de s'apercevoir que l'on a manqué un rendez-vous, définitivement. J'ai manqué celui-là.

Le vent lèche les dunes. Il soulève une poussière blonde qui fait pleurer.

B.

P.S. J'ai eu quarante-sept ans dans l'anonymat, ce fut parfait. Je n'avais rien dit bien sûr.

Tu te souviens, Antoine se mourait de soif dans le désert. Il repensait à cette carafe d'eau fraîche, ruisselante, oubliée sur la table d'un restaurant. C'était avec Consuelo. Ils avaient bu le vin, seulement le vin, et cette eau le torturait. Je bois un grand verre de cette eau.

À ta santé, Roland !

Dialogue

— *Bonnes nouvelles :* Les Caprices d'un fleuve *vont se tourner cet hiver. Tout est repéré. Nous entrons en préparation.*

— *Tant pis pour les Marquises.*

— *Je ne peux pas être partout.*

— *Pourtant tu y es.*

— *Je te parle de l'Afrique et tu réponds : Marquises.*

— *Tant pis !*

— *Non, pas tant pis : plus tard.*

Saint-Louis, 17 janvier 1995
Tournage des Caprices d'un fleuve

R.

Toute la figuration dort et mange au camp Moktar depuis trois jours. J'ai fait monter ce village de tentes maures dans un endroit peu accessible, à quelques kilomètres au sud de Saint-Louis. J'ai découvert cette langue de désert près de la Dune aux Perles chère à l'ami Bancal. Près de cette dune, il y a une petite étendue de sel blanc. Elle est mêlée à une terre brune parsemée chichement d'une herbe rase et bleue. La petite vallée est cernée par les collines de sable. Elles sont piquées de figuiers de Barbarie et de bois mort. Dans l'argent des écorces, il y a des boursouflures rousses que le soleil embrase. Sur l'autre versant, en cherchant un hypothétique point d'eau — prétexte à ma curiosité aventureuse —, je suis resté enlisé dans un lac de cendre menacé par la barbarie de ces figuiers, une mer de soldats en armure hérissés de pointes vives. Les piquants de ces plantes grasses pénètrent sournoisement n'importe quel pneu. Il fallut trancher à la machette et faire tomber des têtes. La sève rouge ruisselait comme un sang d'homme. C'était un peu fou, étrange, mais finalement assez beau malgré le gâchis. Le sang des figuiers est une teinture magnifique pour les tissus des femmes. Le camp Moktar est l'exacte réplique d'un camp de nomades d'importance. Les tentes sont en peau de chèvres ou en poil de chameau. Il y a abondance de tapis, de nattes, de couvertures. Tous survivent dans les tâches quotidiennes, les corvées d'eau pour les chevaux et les hommes, le ravitaillement, la prière, le repos. Les palabres se font par castes. Les chefs ont été choisis parmi les notables et ils prennent très au sérieux leurs privilèges temporaires. Je m'amuse beaucoup, les enfants aussi. Il y en a partout. Ils ont inventé tous les jeux. Une morve de sable au nez, ils grimpent à l'assaut des dunes comme tous les enfants du monde. Ils jouissent d'une liberté d'animal sauvage, sous le regard constant des mères. Elles ont choisi leur gynécée. Les mots volent sous les toiles, rebondissent d'une tente à l'autre. Elles s'alanguissent sur les tissages subtils. Elles ne cessent de pépier.

Ici, quand le soleil est au zénith et que tu perds ton ombre, il faut t'assoupir. Il y a eu la guerre de l'eau, la semaine dernière, un incident de ravitaillement. Aucun puits n'est à proximité. Seule une grande citerne distribue la vie. Elle est restée vide deux jours. Il y a trois cents habitants sous les toiles et deux cent cinquante chevaux. Il faut trente litres d'eau minimum par jour et par cheval. Il y eut une révolte et il fallut beaucoup de patience et de *bakchichs* pour que tout ce rêve ne finisse pas en tragédie. La leçon fut sévère. Tout est réglé. C'est apaisé maintenant. Beaucoup ont choisi la patience et la prière, et dès que les ombres s'allongent, les femmes allument les feux. La théière est au centre et propose la communion, la cérémonie suspend le temps. Les longs filets bouillants cascadent dans les verres, d'un verre à l'autre, d'une main à l'autre. Du plus clair au plus foncé, ce sont les trois thés. Chaque nomade, suivant sa culture et sa tradition, leur donne une définition. C'est la parole africaine inaltérable dont le sens se multiplie avec le temps. Les conteurs, les griots, les marabouts transmettent à leur façon les paraboles éternelles. Le poète les transforme. La parole devient geste et enseignement. Les sages l'apprivoisent. Chez nous, disent-ils, la parole transmet le savoir mais si la parole n'est pas juste, elle transmet le mensonge. Ici, le premier thé est léger comme la mort, le deuxième doux comme l'amour et le troisième, le plus fort, amer comme la vie.

Les chameaux méprisent les chèvres que bousculent les enfants, les zébus en contre-jour soulèvent un nuage d'ambre. Les acacias sont transparents.

C'est très réjouissant, cet Hollywolof. Je te raconte mais tu verras les images. Je sais, tu aimes mieux que je te raconte, mais filmer est un travail inépuisable et le temps me manque pour toi. Le dimanche, à l'heure des cloches et du muezzin, le temps d'un jus de gingembre et d'un thé vert, je te raconte.

Mangui deme, au revoir !

B.

Saint-Louis, 21 janvier 1995

R.

Il faut voir les bateaux sur le fleuve, Roland, avec la flottille des quarante pirogues, toutes voiles dehors. Ce devait être ainsi vers 1787. C'est enthousiasmant. Il y a un brigantin et deux boutres. Le vent d'ouest gonfle les lourdes cotonnades et les poitrines. Tout le monde s'affaire. Cette vieille marine demande une surveillance de chaque instant. Il y a une vie active sur les ponts. Ne te retourne pas, tu verrais des bagnoles sur la dune, des types en jeans, une caméra et des camions de machinerie. Tu verrais ma gueule réjouie et inquiète. Tu me sentirais aux aguets, heureux et palpitant. Je vais jouir du plaisir inouï de naviguer sur ce fleuve à marée montante, par un solide vent d'ouest. Il y a des pélicans, des aigrettes, des courlis qui survolent l'armada. Il y a des sternes, des mouettes rieuses, des fous. Les oiseaux sont ivres, moi aussi. L'étrave ourle l'écume. Debout sur les plats-bords, les enfants du Sénégal jouent les *laptots,* les petits mousses esclaves qui formaient les équipages des navires. Les maîtres de manœuvres leur ont appris la mer. Les voilà dans les haubans, le plus jeune assis sur une vergue. Ils sont heureux comme jamais. Il n'y avait plus de bateaux sur le fleuve Sénégal, plus de caboteurs, de péniches. Le pont Faidherbe ne s'ouvre plus. Cette fabrication Eiffel devait enjamber le Danube. Déçus, les Austro-Hongrois l'envoyèrent au Sénégal. Elle a échoué là. L'histoire est facétieuse.

Nous redescendons vers la barre au bout de la langue de Barbarie avec Roland Blanche, inépuisable de drôlerie et d'intelligence. Il souffle des poèmes. Richard Bohringer a changé de siècle. Il est mûr comme un commandant de bataillon d'Afrique. Il ne reverra pas la France. Il aimera une Wolof et lui fera des enfants. Il est déjà convaincu qu'il lui faudra plus tard reprendre Saint-Louis aux Anglais. Il a raison. Il est le commandant Blanchot. Les rives de Barbarie nous séparent de la mer. C'est une digue fragile qui s'étire en alluvions. Elle est échevelée de philaos qui se courbent sous forte brise par-dessus les dunes. Personne n'a hâte d'aborder. Une plume apportée par le vent s'est posée sur le pont. Elle est noire et blanche avec des taches carmin.

Les mangroves rougissent au couchant. L'ombre est venue avec l'aigle pêcheur. Il plane un instant au-dessus des grands mâts avant de disparaître vers l'orient qui apporte la nuit. Il y a sur une terre inondée un village abandonné, des cases peules de bois enchevêtrés. Elles ressemblent à de grandes chrysalides nues, des cocons vides. Il y a une croix et un arbre mort comme une grande main. Des oiseaux dorment sur les phalanges de bois. Le silence enveloppe le fleuve. Nous glissons vers la rumeur.

Saint-Louis vit dans le contraste, entre la turbulence des marchés et le calme des ruelles, l'éblouissante lumière et l'ombre des murs ocres. Il faut alors se réfugier dans une cour sous un porche ou un vieux caroubier. La ville hypnotise, fascine, endort. Saint-Louis est sage, assise entre les bras du fleuve. Au nord, le désert mauritanien s'éternise. La côte stérile abritait les naufrageurs. Les pilleurs attendaient leurs victimes. Ils firent de même avec les Latécoères de l'aéropostale échoués dans les dunes. Les pilotes tentaient de rallier Saint-Louis. La dernière escale après Cap Juby. À l'hôtel de la poste, sur les murs des couloirs et dans la grande salle commune, les photos racontent l'épopée africaine des héros. Ils ont tous des gueules de séducteurs et des sourires de conquérants. Il fallait du cran. C'est d'ici, de

Saint-Louis, que Mermoz partit lorsqu'il traversa l'Atlantique jusqu'à Natal pour la première fois. C'est avec la Croix du Sud qu'il disparut en mer au large de Dakar. Ali raconte qu'il a vu atterrir le pilote de Dorat, qu'il a serré la main de St-Ex quand il était enfant. Peut-être. Saint-Louis est un négligé au bord du désert, une étoffe jaune et blanche. Elle a la douceur des femmes du Sud, la noblesse et l'élégance des Peules, la vitalité des Wolofs et la volonté farouche des peuples du fleuve.

Derrière les acacias, sur les bancs, les écoliers en tabliers bleus déchirent des oranges. Pourquoi ont-ils gardé le bleu des bonnes sœurs, celui de la colonisation blanche ?

J'aime la prière. Ça me rassure que les autres aient la foi. La voix du muezzin me berce mieux qu'une volée de cloches. Tu veux un collier ? Une gazelle en ivoire ? Regarde avec ton cœur. Un grigri ? J'ai besoin d'un grigri. Ici, tout le monde a besoin d'un grigri.

Combien tu vends cette pierre noire ? Pour toi, pas cher, c'est donné. Le prix est prohibitif mais le jeu est engagé. J'aurai la pierre. Ce sera mon grigri. Je vais manger de la bosse de zébu, ou un mulet farci à la Saint-Louisienne. Laisse l'apparente indolence faire son travail. Moi, je ne peux pas. Tout m'excite, tout m'appelle : la petite fille qui pleure, le cheval squelettique, la carriole surchargée de rires, la lampe à huile ou l'ampoule anémique, la machine à coudre et lui, assis en tailleur.

Je caresse le bois bleu de la pirogue échouée. La peinture s'écaille sous l'ongle. Il y a le jaune d'avant, le rouge de la première fois. Une liane en blanc traîne à bavarder avec sa bassine d'eau sur la tête. Je veux tout filmer, tout piller, j'ai un appétit d'ogre. Ici régnaient les *signares,* les métisses reines, marchandes d'esclaves et entretenues. Au XVIIIe siècle, les plus grands armateurs métis étaient des femmes. Saint-Louis est femme. Tout l'or de Galam était pour elle. Les bijoux étaient battus à froid et gravés ici pour elle. Marie Labouré avait cent esclaves, vingt-cinq gourmets et quarante-trois rappareilles. C'étaient de jeunes esclaves chargés de porter les parures et l'or de leur maîtresse. Quand les femmes jouent au kouri, leurs doigts courent et se cachent sous les voiles. Leurs regards s'échappent et elles voyagent sans l'homme. Même leurs rires sont mystérieux. Autrefois, les Maures enlevaient les enfants, surtout les petites filles, qu'ils défloraient plus tard. Devenues pubères, elles disaient en plaisantant qu'elles avaient trois pucelages : celui que les Maures leur prennent, celui qu'elles donnent en amitié à leur ami et celui que leur mari achète.

Les abbés ne s'y étaient pas trompés. Demanet avait créé la confrérie du Sacré-Cœur, composée uniquement des plus belles mulâtresses du pays. Saint-Louis n'a pas toujours été douce et le commerce était violence. Il faut imaginer les feux des navires en attente qui se balancent avec la houle. Les chaloupes naviguent vers les coques sombres.

Les marins souquent ferme dans l'eau noire. Parfois, les esclaves enchaînés se jettent par-dessus bord et les requins s'acharnent. Plus tard s'il y a révolte, les meneurs seront pendus aux vergues et écartelés. Les autres seront esclaves, s'ils ne meurent pas de faim dans les cales des navires négriers. La plus grande cause de mortalité chez les esclaves était le suicide. « Les armateurs faisaient de l'or pour que nous ayons du sucre. »

Et l'on parle de tolérance. C'est un mot condescendant. Je veux être intolérant avec l'ignorance coupable et la cupidité. Les Portugais disaient *Pâu, Pão, Pano* — le fouet, le pain et un bout d'étoffe. Le premier article du *Code noir* visait à chasser tous les Juifs des colonies. Pourquoi les Juifs ? Pourquoi pas ! Pourquoi pas les Patagons ou les Inuits ? Suivait une suite d'articles édifiants sur les droits de propriété, de vie et de mort de l'esclave. Je passe sur les sévices autorisés et les tortures diverses. J'ai lu le *Code noir,* Roland, et j'ai du mal à imaginer que cette hérésie ait pu être rédigée par nos grands-pères. Monsieur de Fontenelle écrivait des choses charmantes. Que voulez-vous que je vous ramène d'Afrique ? Un singe ou un négrillon. Le négrillon vous comblera. Il est plus doux et obéissant. Le singe est trop malicieux. Il est beaucoup plus intelligent que le nègre. S'il ne parle pas, c'est qu'il a peur qu'on le fasse travailler. Voici un petit dialogue que l'on pouvait entendre chez les gens de bien et chez bien des gens.

— Il faut avouer que le nègre grimpe aux cocotiers avec une agilité suspecte.

— Petites devinettes, messieurs ! Un vaisseau est en péril, il faut sacrifier une partie de la cargaison. Que jeter à la mer ? Le nègre de peu de valeur ou le cheval de grand prix ?

— Savez-vous qu'un certain Brissot vient de créer une société des amis des noirs ?

— Une société des amis des noirs ? Mon Dieu, comment peut-on parler d'amitié quand il s'agit d'un nègre !

— Buffon trouve que l'intervalle qui sépare le singe du nègre est difficile à saisir.

— On ne peut tout de même pas s'étonner que la truffe blanche soit meilleure que la truffe noire !

— Le nègre est sans conteste le plus heureux de la terre car c'est celui qui pense le moins.

— Hérodote disait que le sperme des nègres était noir, mais nous savons aujourd'hui par nos femmes que ce n'est pas vrai.

— Certains étalons font le bonheur des dames de France.

— Quelle horreur ! C'est de la copulation animale, de la zoophilie !

— Mais nous copulons tous, chère madame. Moi-même, je copule avec une négresse. Je ne savais pas que j'étais zoophile.

Silence.

Je tenterai de placer ces perles authentiques dans la scène du repas des négriers. Roland Blanche y jouera un certain Paul Benis, directeur de la Compagnie des Indes et du Sénégal. Il fut esclave des Maures pendant deux ans avant d'être racheté par des Anglais. Il reprit son commerce sans tarder. L'expérience lui avait visiblement plu. Ils sont tous fous ! Rien ne dit qu'il faille regarder en arrière. L'abolition en Mauritanie ne date que de 1983, et l'on traite encore au Soudan. L'esclavage n'est pas mort.

Mon héros écrira que le captif est comme l'antilope prise au piège des marais. Il se débat et s'enlise doucement. Un jour, une flèche lui traverse le cou et il se fige dans la glaise.

Tous ces hommes et ces femmes sont comme les merveilleux papillons d'Adanson piqués par une épingle sur le bois dur d'un acajou. Ils battent des ailes jusqu'à la mort.

Le pavillon de la Compagnie flottait sur les bâtiments du fleuve : bleu azur fleurdelysé, deux nègres pour support et une couronne dressée.

Le roi du Cayor, comme beaucoup d'autres, fournissait deux cents noirs en échange de fusils et d'eau-de-vie. Pour aller chercher cette marchandise et ramener l'or, la gomme et l'ivoire, les bateaux devaient traverser une partie du Walo, du Fouta, éviter les saracolets, payer les coutumes maures et rejoindre le royaume toucouleur. Ils allaient prendre le morphil, l'ivoire et les esclaves à

Bambouk Matam et Galam. Il fallait se méfier de tout et de tous et ne pas rencontrer les redoutables guerriers mandingues qu'il était impossible d'emmener en esclavage. Gare au roi des Peules, Alamany. Les bateaux étaient traînés, tirés le long des berges à la cordelle par les esclaves et les marins. Parfois, on hissait une ancre à bord d'une pirogue. On la déposait en amont et on souquait ferme pour haler le navire. C'était naviguer à la touée.

Le soir, les bivouacs crépitaient des feux de palétuviers. Les moustiques menaient la danse autant que les pillards et ceci jusqu'à Podor, Galam, Bakel, et retour avec la décrue. Ils connaissaient les dangers de ces expéditions, les maladies, les fièvres en hivernage. Mais les hommes sont ainsi qu'ils sont prêts à mourir pour l'or et le pouvoir.

Vers 1780, la Compagnie envoie un certain Ruhault au fort Saint-Joseph de Tambaboukane. Un mois de voyage par terre avec les péripéties que l'on devine. Négrier, aventurier et courageux, il est seul avec deux marabouts.

Il réunit plusieurs centaines d'esclaves et envoie l'un des marabouts prévenir la Compagnie dirigée à cette époque par M. Durant. Le voyage prendra le mois nécessaire. Durant expédie une petite troupe et le voyage durera un autre mois. À l'arrivée, ils découvrirent Ruhault assassiné par les esclaves révoltés, le petit fort de terre était en ruines. Tout de même.

Je voudrais que mon film soit un voyage, un douloureux voyage mêlé au bonheur inouï de la rencontre, un voyage vers l'autre, un voyage initiatique et sensuel, celui de toutes les audaces. Je veux que mon héros soit un défricheur, troublé par sa propre ignorance, qu'il pénètre un peu de cette Afrique, qu'il fasse la connaissance de ce corps noir effervescent malgré le calme apparent des rives. Je cinglerai comme lui au cœur des terres rouges. Je caresserai les bras de sable blanc et les îles de coquillages.

L'Afrique donne parfois le sentiment d'une noyade collective, sans cri ni révolte. Il faut une volonté farouche pour résister à cette effroyable torpeur. Mais il y a un trouble envahissant et je me surprend à être bien.

B.

Saint-Louis, 2 février 1995

R.

Je sais que tu es là à me guetter. Je le sais ! Je le sens ! Et cela suffit pour pouvoir continuer dans la tourmente.

Je n'avais pas sacrifié le mouton au fleuve : un oubli coupable. Le petit boutre a coulé en deux minutes au milieu de l'estuaire : une voile trop bordée, une gîte bâbord jusqu'à coucher le navire. L'eau s'est engouffrée dans la cale. Nous l'avons tous vu disparaître. Seuls le haut du mât et son pavillon à fleurs de lys indiquaient le naufrage. L'équipage a été recueilli par le brigantin.

Le bateau n'a pas été sorti par les pompiers de Saint-Louis comme ils l'avaient prévu. La marée montait. Il était trop tard pour renflouer le boutre. Tierno, le régisseur, est venu me voir en grand secret. Un homme du village des pêcheurs prétend qu'on ne sortira pas le bateau tant que le sacrifice n'aura pas été accompli. Il est le seul à connaître le fleuve. C'est lui qui retrouve les noyés. Il ne se trompe jamais !

— As-tu payé les eaux du fleuve ?

— Je le ferai demain. Il me faut du lait de chamelle.

— Demain, tu auras du lait et nous irons avec Babakar sacrifier le mouton. Personne ne doit savoir.

À l'aube, j'ai payé les eaux avec le lait de chamelle et j'ai payé Babakar très cher pour sacrifier le mouton. Le bateau en valait la peine, non ?

— Tu y crois, toi ?

La question est stupide. Pas de réponse.

Babakar a longuement hésité sur le lieu du sacrifice. Aussi hasardeux que cela puisse paraître, il a fini par désigner un endroit sur la langue de Barbarie où j'avais un mois auparavant décidé de tourner une scène avec les Maures et le petit boutre. Babakar ne pouvait pas le savoir.

Il a plongé dans les eaux, nu. Il est allé porter les morceaux de la bête sacrifiée dans le lit du fleuve. Il a laissé les gigots sur la rive. Il a des facultés respiratoires qui forcent l'admiration. Il est resté en apnée de longues minutes puis il est remonté sans la viande.

— Voilà, c'est accompli.

— Et les gigots ?

— Les gigots, c'est pour moi.

Nous sommes remontés dans le 4x4. À peine la dune franchie, le pneu arrière gauche a éclaté. Nous nous sommes regardés.

— Merde.

— C'est pas moi, dit Babakar. Moi, je m'occupe que du fleuve, pas de la voiture.

Tierno m'observait, soucieux.

— Pourquoi tu me regardes comme ça ?

— Hier, sur *La Belle Pauline,* tu as crié que tu allais couler le boutre s'il te retardait encore.

— Tierno, c'était un accès de colère, ça faisait trois jours que le boutre n'était jamais prêt à appareiller avec les autres.

— Oui, mais tu l'as dit et les esprits du fleuve, eux, ne savaient pas que tu plaisantais.

— Allons bon, me voilà responsable de ce naufrage.

— Non, mais les gens disent que tu dors pas, tu manges pas, tu pisses pas, tu travailles tout le temps, tu cries que tu vas couler le boutre et le boutre coule, alors...

— Alors quoi ?

— Alors ils disent que tu es un toubab qui a des pouvoirs, un toubab africain.

— Tierno...

— C'est pas moi qui le dis, c'est les autres.

— Et toi, qu'est-ce que tu en penses ?
— Moi ? Je crois que c'est pas toi qui a crevé le pneu.
Dans le rétroviseur, Babakar souriait.
Le boutre a été renfloué le soir même.
Tout va bien maintenant.

P.S. J'ai rencontré un blanc qui fait le tour du monde avec son bateau. Il était l'année dernière aux Marquises. Il ne se passe rien. Apparemment, ils n'attendent que nous.

Je t'embrasse.

B.

Sine Saloum, 4 avril 1995

R.

Le film est terminé, je reste quelques jours de plus et je file en Casamance.

La douceur enivre, je m'échappe dans le silence comme l'éther. C'est une initiation à l'imaginaire et au voyage léger comme un souffle. J'aimerais que tu voies les carpes de mer barbouillées d'écume, que tu connaisses l'odeur des feux de racines que l'on brûle avec les feuilles d'eucalyptus. Ça ferait du bien à tes poumons goudronnés, l'eucalyptus. Je pousserais ton fauteuil au milieu des braises pour te boucaner à l'eucalyptus. Je te ferais définitivement perdre le goût du tabac brun.

Je crois que tu aimerais les huîtres de palétuvier saisies sur la pierre chaude. Nous mangerons du poulet yassa chez Christian ou un capitaine grillé.

Je m'acharne à déchirer l'indifférence, à déchiffrer les silences et les visages. Je tue l'habitude, sans remords, avec une joie perverse. Je veux être turbulent.

Le ciel est citron vert comme un ciel de Van Gogh. Le temps s'arrête. Que fais-tu, l'Immobile ? Tu es sur ta machine ? Tu remues tes projets ? Tu sais, toi, qu'il faut anticiper et faire que le futur ne soit jamais une répétition du présent.

Roland, je t'embrasse des terres africaines. Je retire pour toi des cendres la patate douce et l'arachide éclatée. Il y a des langages en percussion, des souhaits sur les cordes de la Kora. Je pense parfois en t'écrivant que je ne suis qu'un marin d'encre et que toi, mon ami, le marin à l'ancre, il n'y a que ton corps qui soit ancré à Saint-Jean.

B.

P.S. Je rentre bientôt. Le montage a commencé sans moi. J'ai confiance.

— *Je sens déjà les parfums de la vanille et des frangipaniers.*
— *Tu es beau avec ton collier d'ylang-ylang.*
— *On ira à Oa Pu, l'île des piliers ?*
— *Tu connais Oa Pu ?*
— *Avec l'ordinateur. Je connais aussi Fatu Hiva, l'île de la pluie et les Tikis de Puamau.*
— *Tu ne connais pas les danses de l'amour et du coït, celles de la guerre et du sang.*
— *Je ne suis qu'un blanc, un* popaa *immobile qui rêve de Fenua-Enata.*
— ...
— *La Terre des hommes, le vrai nom maori des Marquises.*
— *Tu m'agaces.*
— *Je me prépare.*
— *Tu fais bien. Je vais te mitonner un tamaaraa. Je creuserai un trou. Je chaufferai les pierres et je cuirai l'igname et le poisson mélangés. J'irai pêcher le tazar et la carrangue.*
— *On se fera tatouer la couenne comme les anciens. Ils vont rigoler à Saint-Jean quand ils verront ma tronche de Maori avec une clope au coin du bec.*
— *Une tronche de cendrier ! Pas de Maori !*

Paris, 2 novembre 1995

R.

Avec un temps de chien, on ne pousse pas un immobile dehors. Qu'est-ce que tu cherches, en naviguant sur les vagues jaunes des faïences de Saint-Jean ? Tu erres comme un marin perdu à la recherche d'une terre nouvelle et il n'y a que de foutus courants d'air.

Tu ne possèdes rien, Roland, qu'un peu de l'univers des autres. Tu n'as connaissance de cet ailleurs que par l'image du poste, des livres que tu ne peux pas lire et ce que te content tes amis. Tu écoutes avec une énergie désarmante. Tu es propriétaire d'un char, d'une galère à roulettes et tu rames. On t'embarque le matin, une fois sanglé tu appareilles, tu fais des ronds sur le carrelage, et tu échoues le soir, inévitablement. Tu es le seul qui ne me dises pas pourquoi tu pars ? mais quand pars-tu ? Bouge ! L'homme doit bouger. Tu me raconteras !

Je viens de finir *Anatomie de l'errance* de Bruce Chatwin. Il écrit merveilleusement sur la nécessité du mouvement pour stimuler l'esprit, la curiosité. Le sédentarisme engendre l'ennui, la sclérose.

Toi, l'Immobile, tu es toujours en mouvement, tu ne risques pas une sclérose. Tu ne possèdes rien et tu n'as besoin de rien. C'est toi qui le dis. Pourtant, menteur, j'ai lu de toi une petite confession : « Je n'ai besoin de rien, que de savoir que tu es là. J'ai besoin de ta présence, de celle de mes amis, elles m'entraînent et elles m'aident. J'en ai besoin physiquement, du fait de ma dépendance précisément. Ce n'est pas aisé de prétendre être libre en étant dépendant. » Mais qu'est-ce que je fous, Roland, pendant que tu m'attends ?

À part les voyages, qu'est-ce qui me retient de n'être pas près de toi ? Je me fais bouffer par l'inutile futile. Sale bestiole, mon pote !

Pourquoi tu ne gueules pas plus fort de temps en temps ? Pourquoi tu ne me dis pas ce mot, bon Dieu : *reste.*

Et moi qui t'abandonne parce que j'ai des choses à faire. Quelles choses ? Je ne vois même pas que tu penses très fort *reste !*

Il y a de ces cas de surdité, de cécité chez les valides ! Ça fait peur. Je pense à mon père qui n'avait rien à offrir qu'un gros cœur dont il avait perdu la clef. Un cœur qui s'est toujours caché dans le noir pour pleurer. Toutes ses fenêtres étaient closes sur la pudeur. Communiquer était impudique. Il n'a rien pris de la vie. Il a fait ce qu'il a pu sans comprendre. Moi, j'étais un météore. Il aurait fallu lui prendre la main, devenir le fils, père du père, lui donner un peu de ma chance. Il aurait fallu l'emmener sur des chemins inconnus de lui, lui apprendre le désir, la liberté reconquise, lui montrer comment tailler en pièces l'impuissance, les préjugés, les tabous, comment dessouder les armures.

Toi tu es toujours en alerte, même si tu acceptes, tu ne désarmes jamais. Lui ne savait pas, il s'est rendu. C'est la première fois que je te parle de mon père. Pourtant il ne se passe pas un jour sans que son visage ne m'accompagne. Je n'aime pas le jour des Morts. Je ne vais jamais sur sa tombe. Comme certaines populations de l'Île Rouge, j'aurais aimé casser une croûte au printemps sur sa pierre, boire un blanc sec à sa mémoire. Ça changerait tout. Le marbre semblerait moins froid. Je n'aime pas le marbre. J'emmènerais les enfants, les copains et toi, la tronche en biais, pour un pique-nique. On trinquerait en bousculant les souvenirs. On donnerait des coups de pieds à l'inconnu. Mon père est là parce que rien n'est achevé et que ce bout de vie n'est qu'une esquisse, un brouillon. Je veux le croire, c'est plus romanesque que l'unique pourrissement des chairs. Roland, couvre-toi si tu descends de ta tour de contrôle là-haut, au deuxième. Personne ne t'empêche d'aller sur les pistes. Mais elles sont gelées, personne ne décolle.

Le montage se termine, il me paraît impossible de finir un jour. Je pars pour un tournage.

Attends-moi, je reviens.

B.

Château de Dampierre, 15 novembre 1995

R.

Me voici en abbé, fardé, léger, méchant, cynique et *Ridicule* à souhait dans ce film de Patrice Leconte. Il y a ma complice Fanny Ardant et Jean Rochefort avec lesquels le rire est un impôt obligatoire. Je me régale.

Je suis impardonnable de n'être pas encore venu te voir. Je voudrais être en paix, un peu seulement, quelques heures, quelques jours. Je dis un peu, la paix et le repos à la longue me fatiguent, tu le sais. Ne m'en veux pas Roland, je vais partir m'engorger du petit nécessaire et du grand inutile. Je vais m'enivrer d'espace, de prairies, je vais m'étourdir. La bête réagit, se secoue, s'étire, s'ébroue, elle se dit qu'un copain l'attend là-bas, sur sa chaise, un copain immobile qui bouge mieux qu'elle.

Il faut que je tombe amoureux bon sang ! Où est-elle ? Paris pollué, Paris brumeux, Paris l'étouffe, Paris nausée, noyée sous novembre, où la trouver ? Faut-il chercher ou saisir l'évidence ? Une silhouette reconnaissable, reconnue et pourtant jamais vue. Finalement, comme tous les hommes papillons, je suis très romantique, j'aime les grandes histoires d'amour. Je ne sais pas les vivre, j'en ai peur, alors je les tourne. Je les vis par procuration.

Je vais faire l'abbé, on me réclame sur le plateau.

Je t'embrasse.

B.

P.S. : Je vais jouer le *Libertin*, un texte qu'Éric Emmanuel Schmidt a écrit pour moi. Bernard Murat mettra en scène. C'est pour février.

Théâtre Montparnasse, 16 février 1996

R.

Je suis dans une petite orangerie du XVIIIe.

Le bureau de mon Diderot est couvert de feuillets, de plumes, d'encre noire. Il n'y a sur la scène qu'une lumière de service. Ils m'ont épargné la « servante blafarde ». C'est moins sinistre. Pour une fois, je suis très en avance. Tu sais combien j'ai horreur de piétiner avant le lever du rideau. Je piaffe comme un cheval avant le Grand Prix. Je n'aime pas les antichambres, j'aime les chambres. Je n'aime pas les loges, j'aime la scène. Le régisseur annonce 20h30. C'est la première fois que j'écris une vraie lettre dans le décor. Le rideau est clos. Au fond de la salle, on ouvre les portes. J'entends des voix. J'aime l'odeur des théâtres. Quand je débutais, j'ai demandé un soir à un vieil acteur ce qu'il aimait au théâtre. J'attendais qu'il me réponde : « Jouer, tout simplement ». Il m'a regardé dans la glace et m'a dit comme un enfant : « L'odeur de la poudre de riz, des fards, des cheveux de femmes, l'odeur de ma mère. » Dans la marine, j'aimais, à bord des bateaux, les effluves de peinture mélangées au fuel. Je les aime toujours et quand je monte à bord d'un navire, je vais respirer dans la machine. Chacun ses drogues.

Deuxième annonce : 20h45. Le murmure de la salle s'arrondit. C'est un grondement délicieux, une exquise excitation que celle d'une salle pleine devant le rideau. Le silence qui se fera au premier noir est un formidable point d'orgue. C'est une sorte de vol en stationnaire avant le grand plongeon, pour trouver cet accord qu'il faudra jouer juste jusqu'à la fin. Encore dix minutes, la rumeur est vive dans la salle. C'est bon signe. J'ai toujours eu peur des crachoteurs, des salles religieuses. J'aime les salles gaies. Je crains celles du mercredi. Pourquoi le mercredi ? Va savoir ! Chaque jour de la semaine a son public. Celui du mardi est vif, connaisseur, et nous sommes mardi, celui du jeudi plus discret, du vendredi et du samedi plus dissipé, vulgaire parfois.

J'aime la matinée du dimanche, le sourire de la vieille dame au premier rang.

Ce n'est pas invariable bien sûr.

Cinq minutes : avant-dernière annonce. Il y aura bien un peu de retard, comme d'habitude. Le petit cérémonial va commencer. Je vérifie les accessoires, cartes à jouer, plumes, livres, clef dans la robe de chambre. C'est inutile mais ça me rassure, une tradition en somme. Puis Christiane arrive, au dernier moment. J'aime cette femme. Elle regarde ses peintures, prend son pinceau, fait mine de me croquer. Nous nous racontons une blague, un événement, une colère, une joie. Nous testons l'humour. Il y a un rire étouffé, un chaste baiser au moment où le régisseur annonce l'imminente ouverture du rideau. Chaque fois, invariablement, je dis : « Au revoir Christiane Cohendy, bonsoir madame Terbouche », Christiane me répond : « Au revoir Bernard, bonsoir monsieur Diderot », et le rideau se lève.

Je suis en retard, Roland, à vouloir te raconter ma vie de cabot. Christiane est là.

Je sais que dans la baignoire-jardin, il y a deux éclopés de Saint-Jean, deux bancals de ta classe. Je me réjouis de leurs rires et je me souviendrai tout à l'heure de ce que tu m'as dit un jour : « La seule chose qui me manque à la fin du spectacle, c'est de ne pas pouvoir applaudir. »

Salut, mon pote.

Diderot.

Paris, 18 mars 1996

R.

Je suis allé voir Gauguin à Orsay.

La « Tahitienne en bleu » s'appelle *La Femme au mango.* Dans *La Sieste,* il y a une jeune fille de dos dont on aimerait bien voir le visage. J'aime beaucoup le tableau qu'il a intitulé *Quoi, tu es jalouse ?*

Il a emporté ses jaunes et ses vermillons de Bretagne à Tahiti. Ça voyage bien.

J'ai repensé aux Marquises, c'est faisable : l'avion jusqu'à Papeete, Air Tahiti pour Hiva Oa. Il faut que je te trouve un char léger, style Pégase. Je te ferai fabriquer un harnais pour te porter sur mon dos et crapahuter dans les collines. Il n'y a pas de macadam, seulement de la roche vive et noire. Il n'y a pas de trottoir, pas de couloirs carrelés en bord de côte pour ta triste Formule. Tu vas quitter ton tire-fesse, Roland, et devenir centaure. Tu seras la tête, je serai les pattes. On emmènera un toubib. J'en connais un qui revient de l'archipel. Seulement, un voyage comme ça se prépare. Il faut écrire notre histoire, choisir la saison et surtout te mettre en forme : tête et poumon. C'est un grand saut déraisonnable, comme on les aime. C'est un voyage improbable, nous diront-ils. L'Immobile aux Marquises, c'est une hérésie. Hérésie vous-même, nous, on part.

Très belle expo impressionniste. Que j'aimerais peindre ! Ne me regarde pas comme ça ! La peinture n'a rien à craindre.

B.

Dakar, 15 avril 1996
Avant-première des Caprices d'un fleuve

R.

L'écran géant et sale du vieux théâtre Daniel Sorano était déchiré en son milieu. Ce fut officiel et chaleureux. La présidence de la République était là. Je n'ai pas trahi les Africains, semble-t-il. Abdou Diouf était heureux, sa cour de ministres aussi. J'ai serré des mains à n'en plus finir, et quelques pognes pâlichonnes de fonctionnaires français. J'ai aperçu avec bonheur Abdoulaye Wade. Il avait eu le temps de me griffonner un mot qu'il m'a glissé au passage. Il y eut quelques sourires étonnés, des photos, et M. Wade a repris sa place. Je l'avais rencontré un an auparavant. Il m'avait reçu chez lui, avec sa femme. Il était un farouche opposant de Diouf. C'était une période troublée d'activisme intense. La tension à Dakar était forte. Nous avions passé un moment agréable à parler de mon projet. Il y fut question de métissage, de différence, du livre d'Albert Jacquard et naturellement de Faidherbe qu'il admire tout particulièrement. Faidherbe a eu un enfant avec une femme sarakolée. Abdoulaye est marié avec une blanche. Sa maison était surveillée. Dans la nuit qui suivit, il fut arrêté et emprisonné. Quelques mois plus tard, par mesure d'apaisement et contraint, Abdou Diouf lui a demandé d'intégrer le nouveau gouvernement.

J'écris sur mes genoux, face à l'océan furieux et blanc de la pointe des Almadies. Furieux que N'Gor soit aux blancs, furieux de voir la forteresse des nantis en hôtel-bunker à l'abri des assauts du vent, des regards curieux, de la réalité des autres. L'Atlantique gronde et les cormorans s'amusent. Les petits blancs aussi sans doute, mais si mal. Je suis sur un petit bout de plage piqué de rochers noirs.

Ils sont tous au-dessus, dans le bunker au bord de la piscine, protégés physiquement de la mer, isolés de la terre, femmes et enfants mêlés, jeunes filles ennuyées dans leur maillot de bain déjà chloré, une peau sans goût de sel, le regard chaviré par les reflets turquoises. L'enfant s'amuse dans le bassin de faïence et ignore la porcelaine de mer et le *thiof* argenté. Ils ne voient pas la pirogue chahutée qui se cabre au passage de la barre, les hommes, attentifs à la vie. Que savent-ils de la beauté des corps qui s'étreignent, là-bas, sous les philaos nains ?

La grosse chair blanche glisse dans l'eau stérile. Les seins débordent du nylon jaune fluo et sous la graisse, suinte l'humeur âcre. L'ironie est un papier de soie que l'on froisse lentement jusqu'à la déchirure. Je veux dire que c'est agréable.

Évitez-moi les chairs tièdes et tristes, les cris-blessures et les voix inutiles.

Une petite tête curieuse vient de sortir du rempart de béton. Il observe un instant la mer, hésite sur le sable brun, s'aventure jusqu'à la charogne d'un petit crabe, esquisse une grimace puis disparaît de nouveau derrière le béton sécurit.

Un car jaune et bleu, comme un jouet, bringuebale sur la latérite entre les ordures. Il vient s'échouer sur la petite plage, un orchestre s'écoule par les portes arrière et les fenêtres sans vitres pour rejoindre le bunker. Les blancs vont se régaler d'un peu d'Afrique en conserve. Le plat rythmé leur est servi sur un carrelage propre, aseptisé. Aucun risque de contamination sauvage. Un petit infirme claudique jusqu'au bord de l'eau. Il sourit aux vagues plus longues qui caressent ses pieds meurtris.

Elles se chevauchent et soupirent sur la grève en se retirant l'une après l'autre. Elles s'excusent peut-être de leur arrogance. Le vent, lui, ne se pose pas, vent du sud-ouest moite, iodé, caressant, sensuel. Il y a un geste du vent dans l'espace, un geste harmonieux, large, sans lassitude.

L'éphémère, voilà ce qui me bouleverse. Un parfum, la rosée. Les flamboyants, les roses sauvages, l'instant par définition, l'aile furtive du sterne, l'enfance comme une promesse, éphémère elle aussi ! Cette nuque de femme, dégagée, longue, caressée du regard, en attente d'un geste, d'une main fébrile. Le visage se retourne, une larme perle sur l'aile du nez, puis sur la lèvre ourlée offerte.

Il est temps de rentrer, la mer monte, les crabes aussi. Cette lettre est livrée non aux caprices du fleuve mais à ceux de la poste sénégalaise.

Je t'embrasse.

B.

P.S. Petite devinette africaine : qu'est-ce qui vole et ne se pose jamais ? Réponse : voir plus haut.

— *Alors, les Marquises ?*

— *C'est pas le paradis, l'Immobile. Là-bas, c'était les chairs sacrifiées, les croyances barbares, les guerres tribales. Un parfum de mort, dira Stevenson. Ils sont tous venus. Le grand livre de chez nous a remplacé celui des Maoris, puisé dans les nuages. Il ne reste que les cendres, seuls les parfums sont éternels. Ces peuples ne sont que de pâles copies.*

— *Pourquoi tu mens ?*

— *Je ne mens pas, c'est ici que Mendana a débarqué pour y célébrer et baptiser dans le sang les premières messes. Ton Dieu n'est qu'un dieu de plus. Mais il a dit : « Vous briserez les statues, vous abattrez les idoles et vous brûlerez au feu leurs images taillées. » Nous avons étouffé le livre des temps ignorants, étouffé les mémoires. Il ne faut pas étrangler une culture pour une autre. Ils n'ont pas besoin de ton Dieu, les Tikis veillent.*

— *Tu veux me faire peur ?*

— *Non, mon vieux. On va prendre le temps de regarder les femmes en paréo bleu, de dormir sur les fleurs blanches. On va respirer le tiaré, regarder le bateau qui revient de Tahiti avec les enfants qui rient. On commencera par les Îles du Vent, la nouvelle Cythère et Moréa.*

Sotchi, 18 mai 1996

R.

Sotchi est sur la mer Noire. Si elle n'est pas vraiment noire, elle est sombre, je veux dire qu'elle fait la gueule. C'est l'ancienne résidence d'été des dignitaires du régime. La côte est hérissée d'hôtels en béton moches, décorés de mousse et moisis, avec un air d'oubli. Une eau souillée dégouline des tuyaux éclatés. Les pontons squelettiques tremblent sur leurs pattes vermoulues. Il y a des barres de fer en épis avec des chaînes qui retiennent des bateaux fantômes. Tout semble noyé d'ennui. Sur le bord, que l'on fréquente avec hésitation et un profond découragement, il y a des galets gris et des salades de détritus. Le festival du film est à cette image, d'une infinie tristesse. C'est une lamentable tentative culturelle motivée par la spéculation et la cupidité. Quelques soirées s'étirent. On parle peu des films et beaucoup des hordes barbares en Mercedes, baguées d'or. Les blondes platine sont arrivées de Moscou et de Leningrad. La pègre travaille sans discrétion. Le directeur est un porc russe gardé par des porte-flingues avec des groins d'ogres, des sales mecs. Le festival est une basse-cour, très basse. Empoignades, coups de poing pour faire respecter des actrices interdites de séjour à un dîner pourtant offert en leur honneur. Elles n'étaient probablement pas consommables, disons pas monnayables... Le copain Bohringer a fort dignement arrêté mes élans chevaleresques avant mon assassinat prévisible par les tas de viande décrits plus haut. La veille, derrière les poubelles de l'hôtel, on avait retrouvé un type avec une balle dans la tête.

Heureusement, il y eut une sortie au marché avec des rires de femmes, le troc, une drôle de pauvreté. Il y eut une grande tendresse pour ces gens dont la peur est dans les habitudes d'avant. C'est encore la peur du pouvoir, des flics, du voisin.

Aujourd'hui s'ajoute celle des mafieux. J'ai rencontré les chacals de l'Europe à Sotchi, sur les bords de la mer Noire, financiers, marchands d'armes, suceurs de sang. Les vampires sont là et l'ail ne fera rien à l'affaire.

Je pars demain avec un grand soulagement. J'ai, paraît-il, obtenu un prix pour *Les Caprices d'un fleuve*. Je n'irai pas le chercher.

Je posterai cette lettre à Paris, tu comprends pourquoi.

B.

P.S. Je ne résiste pas à l'envie de t'écrire que nous sommes dans l'avion pour Moscou. Deux hôtesses, un steward. Pas bonjour messieurs et mesdames, pas bienvenue. Misère à bord indescriptible. Communication zéro. On s'est assis gentiment pour ne pas déranger, on a attendu en chuchotant, on a décollé sans prévenir et nos trois loustics d'accueil se sont installés pour déjeuner aux meilleurs sièges.

Nous, passagers, nous jeûnons, rétrécis sur des coussins tachés. Nous regardons, résignés, la mer Noire, morte et sale, sous les ailes d'un coucou dans lequel, à présent, nous avons mis tous nos espoirs.

Sarajevo, 4 juin 1996

R.

C'est un tournage sur tombes fraîches.

Il y a la confusion, partout, issue de l'Histoire, d'une obscure et lointaine réalité. C'est la guerre ou le plaisir du mal, la gloire de l'ignorance, de la stupidité. Il y a l'ivresse du sang et de l'acier, un frémissement de mort et toujours, comme partout, l'excitation de la torture. Ici, les enfants ont grandi vite et dur. L'avenir est dans les brumes de l'incertitude. Il n'y a plus d'innocence. Les façades sont des masques tourmentés, hideux. Les murs bavent un dérisoire papier peint. Il y a les yeux crevés des immeubles, les toits épuisés, les jardins piégés, les lames de verre dans le corps des maisons. Le béton est sculpté à la kalachnikov. Il y a les tombes dans le parc, des bois piqués dans le sol derrière des fils jaunes : Milan Kovic (1976-1996), les pas hésitants entre les mines que l'on a posées partout, comme des jouets. Sarajevo, muette finalement, éreintée de secousses, profondément meurtrie, hébétée, devenue un gigantesque décor. Il n'y a pas de place pour le désespoir ici. La mort a tout fauché. Pourtant sur la colline le couchant s'alanguit, les mosquées s'interpellent. La rivière Miljacka s'écoule à peine, prudente, silencieuse. Des amants s'enlacent près du cimetière. L'éternité s'installe sur les pierres blanches. Le soir efface d'une main de chiffon les impacts de fer, le sang sur les pavés vernissés et la douleur des visages. Les chiens aboient, mécaniques. La ville en paix s'abandonne, pour combien de temps ?

Je vis ces jours de juin à Sarajevo. J'ai fait en sorte de reconnaître les visages, de ne pas être *l'étranger* (dans le sens camusien du terme). Parmi ceux-là, hésitants, étonnés, fermés ou avides, il y a cette jeune femme en uniforme de paix. Elle est fine, élégante. Elle a quelque chose d'un animal souple, d'un prédateur. Elle est terriblement à l'aise au milieu des blessures. Je lui en fais la remarque. Elle sourit largement. C'est son métier. Elle m'entraîne sur les bords de la Miljacka, le pont des amoureux. Elle me conte l'agonie de ce couple, encore des adolescents, frappé par des balles alors qu'ils voulaient se rejoindre à l'autre bout du pont. Nous allons prendre un café en face de la Mosquée dans un jardin épargné par les bombes.

Nous courons un matin de brume sur une petite piste en ciment au bord de la rivière, avec défense absolue de s'en écarter sous peine de mines antipersonnel. Il y a des carcasses calcinées, des toits effondrés. Les champs sont labourés au mortier. Je me lasse de mon guide. J'aurais voulu rencontrer les enfants de Sarajevo. J'aurais aimé un regard, le temps de photographier l'oubli et l'abandon ou de peindre l'impossible légèreté. J'aurais voulu aider le grand orphelinat et que l'on ne me réponde pas de déposer un chèque ou des dollars, de préférence au nom du directeur. J'aurais aimé ne pas trouver les denrées du HCR revendues au noir sur les marchés. J'aurais préféré ne pas voir les grosses Mercedes neuves aux vitres teintées glisser dans les rues de Sarajevo. Je n'ai pas aimé les bagues en or du maire de Goražde. J'ai vu cette ville au bout de la route comme un point d'interrogation. La poche bosniaque en territoire serbe grouillait d'enfants qui plongeaient dans l'eau tranquille. C'était dimanche. Je vais rentrer avec le regret de ne rien comprendre.

B.

Cinecitta, Rome — 18 août 1996

R.

Tu as fui Paris avant ces très chaudes vacances. Me voilà donc en panne de toi puisque cette lettre s'écrit sans trop savoir quand elle sera lue. C'est donc une inspiration en souffrance qui erre de pays en pays depuis la Bosnie déchirée jusqu'à l'Italie en passant un temps par la Creuse. Ces derniers jours, elle était parfumée comme jamais. Où es-tu ? L'été, j'espère, ne te fait pas trop souffrir. Je regrette un peu d'être à Cinecitta. J'aime tellement les extérieurs en Italie.

Les pigeons tournent sur le Vatican. Il y a un vol de mouettes au-dessus du Tibre. Les Vespa agacent comme des moustiques. Les bagnoles s'affolent, les chauffeurs s'insultent. Tu aimerais ça. Les promeneurs hurlent pour se faire entendre. Les garçons de café gueulent parce que c'est l'habitude. On parle d'amour Piazza di Spagna. La jeunesse est affalée sur les marches des églises. J'ai trempé mes pieds dans une fontaine. Une fille m'a regardé, elle a souri. J'allais remettre mes chaussures pour la suivre. Un garçon l'a prise par la taille. Ils ont disparu, les yeux dans les yeux. Il faudrait du temps pour ne pas oublier une seule ruelle, un seul jardin, une seule cour, un seul soir de ce monde. Il faudrait ne pas mourir ou mourir tout de suite.

On est en manque, toujours. On apprend trop tard quand la mémoire fout le camp. On apprend trop tard, et le temps presse.

B.

P.S. T'ai-je dit que le film que je fais avec Sophie Marceau, Timsit et Lhermitte, s'appelle *Marquise* ?

— Roland, ce voyage dans le Pacifique Sud ?

— Si l'idée pouvait pousser sans flétrir... C'est une chrysalide avec un papillon des Marquises.

— Derrière la barrière de corail avec ton char à deux roues, le nez dans les étoiles, comme dirait Jacques, tu boirais l'espace. Je savoure déjà le vertige et la peur délicieuse. Voici l'ère du papillon téméraire. Je signe pour l'essai avec toi et on le tente.

— Le transformer ne sera qu'un jeu. Il faut seulement une esquisse plus sérieuse.

— J'étais là-bas il y a trente ans, navire au large en l'absence de quai. Nous étions encore ivres des nuits de Papeete. L'alcool du La Fayette ou du Queen's, l'odeur des femmes, le tiaré enveloppaient les corps chauds des marins qui se jetaient du pont dans l'eau claire.

— Tu m'as parlé d'une Chinoise qui veillait sur tes nuits. Une fille d'un roman de Jean Hougron. Elle t'endormait avec sa chevelure sur ton ventre.

— Est-ce bien ainsi que je l'ai vécu ? Va savoir ce que ma vieille caboche a décidé de raconter.

— Son père était officier de l'aéronavale. C'était le fils d'un Indochinois mort à Hanoï dans un camp vietcong. Elle t'a montré ses lettres. Il allait revenir. Le temps passe.

— Les matelots, ça mélange les rêves et la réalité parfois.

— Maintenant cette fille est mariée à un Chinois. Il y a longtemps qu'elle ne pense plus au petit marin de la Jeanne.

— Les filles, ça n'oublie pas. Je n'irai pas aux Marquises sans passer par Papeete. Le Queen's n'existe plus, le La Fayette non plus, mais il y a encore des bistrots.

Saint-Denis de la Réunion, 4 novembre 1996

R.

Je viens de lire un article sur les Marcos en page *People. Les grands de ce monde, comment vont-ils ?* Bien, malheureusement. Les Philippines, un archipel de plusieurs milliers d'îles, le décor d'*Apocalypse now* et un dictateur, celui-là même qui chassa de chez lui les communistes, les musulmans et autres misères.

Les Américains ont une fâcheuse tendance à protéger les régimes durs. C'est une étrange et douteuse manie chez ces « démocrates » que de chouchouter les dictatures.

L'Empereur et son Imelda ont même décidé, contraints et forcés, de prendre leur retraite chez l'oncle Sam. Une retraite de dictateur-général est très confortable. Imelda, ex-première dame des Philippines, non contente de sa retraite américaine, réclame ses biens, confisqués par le peuple qu'elle avait tant aimé. Elle ne comprend pas qu'on ait pu la chasser comme une malpropre. Qu'est-ce qui est propre ? Elle avait une immense garde-robe, oui ! Des dames de compagnie, oui ! Elle était riche, oui ! Son mari envoyait beaucoup de monde en prison, oui ! Certains disparaissaient, d'autres étaient torturés, oui ! Mais quelquefois, elle se préoccupait d'enfants malades, visitait des hôpitaux, comme Eva Perón. Lui, le dictateur-général, faisait des dons avec l'argent des Philippines à des orphelinats ou à des banques étrangères pour sa retraite. Un dictateur peut être amené à prendre sa retraite très jeune. Très souvent, le dictateur-général meurt dans son lit entouré de tous les siens. C'est plus romantique qu'un lynchage. Il n'y a que ce pauvre couple Ceausescu qui n'ait pas su négocier avec les démocrates. Pour les autres, ce n'est que de l'imprévoyance.

J'ai fait escale à Manille en février 1966. Il est des endroits qui s'oublient. Seuls restent un détail ou un incident. Ce fut le cas du marin à Manille. Il ne saura rien de la beauté des îles et des peuples pêcheurs. À peine en cette brève escale a-t-il eu le temps d'aller au bord d'une rivière dans la jungle. Là-bas les filles sont si belles. Leurs rires s'éparpillent sur la pierre chaude. Ils se répercutent à travers la forêt, sous les grandes ombres, jusqu'à cette montagne là-bas, ce volcan mauve qui un jour s'est réveillé et a fait tant de mal. Le marin n'a que le temps d'un regard pour ces filles de l'onde. Il revient sur la côte et avant de rentrer à bord à minuit, comme Cendrillon, il veut brûler ce qui lui reste d'argent dans un restaurant chic du bord de mer. Il n'a que dix-sept ans, un air d'innocence et son uniforme de la Royale. Il a un sourire de bonheur avec le pompon rouge sur la tête, comme une pomme. L'appétit de quelques connards à la sortie d'un casino, une déclaration de De Gaulle la semaine précédente et avant le dessert, il a le canon d'un pistolet vissé entre les omoplates. Pas de bruit, des menaces claires et retour accompagné à bord de la *Jeanne* par des porte-flingues irascibles et xénophobes. Le petit mécano pas héros s'est bien gardé de quitter le bord le jour suivant. De toutes façons, il était de quart.

On comprendra que vingt ans plus tard, la tentation fut forte d'y retourner pour un festival du film présidé par la délicieuse Imelda. Une belle place était réservée à l'ami et protecteur américain, grand complice anti-communiste. Le cinéma est politique aux States, il y eut chasse aux sorcières. *Don't forget it !*

Sympathisant depuis quelques années avec Amnesty International, j'avais résolu d'agir sur place. Ce serait plus efficace qu'un refus de ma modeste présence sur le territoire philippin. Me voilà donc parti en première classe, comme un dictateur-général, avec une liste de prisonniers d'opinion et de disparus. Le premier travail est de n'en parler à personne.

L'aide précieuse d'un homme de l'ambassade française et la complicité nocturne de quelques dissidents m'aident à rédiger des lettres accusatrices aux principaux dirigeants de ce pays. Il me semble opportun de profiter des grâces d'Imelda envers le cinéma pour lui en remettre une, un soir de gala. Il me reste à approcher Imelda afin que cette lettre lui soit remise en main propre. Je sors donc chaque soir avec un couple rencontré par hasard lors d'un dîner. Lui est marchand d'armes et ne s'en cache pas. Elle, est dame de compagnie d'Imelda. Parfait ! Il faut pendant trois jours supporter les minauderies des acteurs et des actrices américains, s'agenouillant aux pieds d'Imelda pour lui baiser les mains. Les Français se tiennent bien. La dame de compagnie, ayant vu deux films dans lesquels je jouais, tient absolument à me faire rencontrer Imelda. Parfait, mais je lui demande d'attendre un peu. Je dois organiser mon travail et une petite mise en scène. Chaque soir, je dîne aux places des officiels privilégiés. J'ai franchement honte, mais la cause vaut cette honte. Le soir choisi, j'attends donc la venue d'Imelda comme la reine à qui j'allais couper la tête. La dame de compagnie ayant beaucoup parlé du petit acteur français, sa curiosité de femme et de diplomate l'amène rapidement jusqu'à notre table. Je me lève, lui remets ma missive sans un mot, avec un sourire légèrement pervers qu'elle doit prendre pour de la béatitude. Il y a des flashs. J'avais discrètement demandé à des photographes de presse amis de venir faire le pied de grue. Ayant l'habitude des compliments, elle reçoit ma lettre comme tel. J'ai droit à une invitation au palais dès le lendemain. Quel bonheur ! Je vois qu'elle commence à ouvrir la lettre, je l'arrête et la supplie de ne l'ouvrir que plus tard dans ses appartements. Elle souscrit à ma requête, rougissante, insiste auprès de sa dame de compagnie pour que je sois amené de gré ou de force, comme un esclave, au palais de Malacanang. La presse disparaît, les applaudissements s'éteignent, la belle Imelda remonte avec sa cour la grande allée du jardin. S'il lui prend l'envie, par impatience, d'ouvrir cette lettre sous les grandes torches en bambou, je serai fouetté sur place ou bien elle demandera ma tête à un guerrier philippin. Rien de tout cela.

Il y a des froufrous, des murmures. Des visages moqueurs s'éloignent dans l'ombre. Le spectacle est fini. Le rideau tombe et je dois retrouver mon hôtel. J'abandonne là, après mille remerciements, la dame de compagnie et son marchand d'armes, avec la promesse sacrilège d'être au palais le lendemain pour de nouvelles agapes. Je rentre et dors sur mon sac afin qu'on ne puisse y introduire aucune drogue. Je ne me vois guère en villégiature contrainte chez Imelda. À l'aube, réveillé par la radio, je comprends qu'un scandale a éclaté. La belle Imelda, folle de rage, trompée honteusement par un acteur français, avait fait un communiqué à la presse. Opprobre sur moi et sur la France. J'allais être arrêté, emprisonné et torturé chaque nuit par Cruella, la reine des Philippines, qui me lirait jusqu'à ma mort la liste des disparus que j'avais osé lui communiquer et qui n'avaient jamais existé. La fin est plus simple et moins romanesque. Une heure plus tard, la délégation française, désolée et furieuse contre moi, arrive à mon hôtel avec l'ordre de me rapatrier sur-le-champ. Mon sac est déjà prêt. Fin de l'épisode. Soulagement chez les Français, un emmerdeur de moins.

Ce fut le dernier festival et les dernières années Marcos. Je ne me vanterais pas d'y être pour quelque chose certes, mais j'ai eu du plaisir à ne pas baiser les mains d'Imelda.

B.

La Réunion, 20 novembre 1996
Repérages pour un documentaire

R.

Je relis de mémoire le parcours avec ses odeurs fortes après la pluie, celle des camphriers, de la citronnelle, du géranium. Je me souviens des orchidées blanches au réveil, du parfum sucré des goyaviers, des sourires, des regards. Soudain, derrière les cannes sauvages, il y eut cette case de paille avec le visage d'un marron, figé dans l'attente et la résignation. Il sourit et c'est cela seul qui avait changé. Il avait gardé une empreinte dans le corps, le regard, l'attitude de l'esclave traqué jusque dans les hauts. Celui-ci, comme beaucoup d'autres avant lui, n'avait jamais vu la mer, comme ceux de la vallée des Taipis aux Marquises. Près de lui, un enfant inquiet s'est sauvé. La peur est inscrite à jamais dans leur histoire.

Les autres, en bas, restent indifférents à la mémoire, ils vivent avec l'oubli de la genèse, celle de l'île vierge colonisée par les drames et les rêves d'Eldorado. Elle ressemble à une page de magazine. À vouloir facile, on meurt sans savoir. Sur la côte, la vague énorme, lourde, s'arrondit pour le surfeur qui glisse seul et ne pense pas. Alors ceux d'en haut, les héritiers de la souffrance, jardinent leurs cimetières. L'île est couverte d'une végétation dense de pandanus, de palmiers urticants, de tamariniers épineux, d'aloès, de vacoas.

Je me suis perdu avec trois hommes et une femme de l'île. Là-haut, le brouillard est un véritable traquenard. Il nous surprend sur une sente effacée par les pluies. Nous ne sommes qu'à deux kilomètres à vol d'oiseau du Piton de la Fournaise. Nous ne sommes pas des oiseaux. Le volcan est une énorme masse magnétique. Nos boussoles sont folles, inutilisables. Il est impossible de se repérer. Il y a une vapeur épaisse, opaque, une brume qui sent le souffre. La tempête précédente a creusé des falaises. Il faut prendre une direction au hasard, avec la certitude qu'un jour ou l'autre on atteindra la mer. Nous marchons sur les racines de pandanus suspendus au-dessus d'un sol impraticable. La moindre clairière est un bourbier, une bouche de vase qui nous avale jusqu'aux cuisses. Nous sommes partis avant l'aube et ce n'est qu'en milieu d'après-midi, par une éclaircie miraculeuse, que nous retrouvons un sentier de chèvres salvateur. Le soir, nous apercevons la mer et tard dans la nuit, nous posons nos sacs de boue sur le bord de la côte. C'était épique, presque tragique, drôle et magnifique. J'ai aimé ça. J'avais vécu la même expérience en Nouvelle Calédonie dans la chaîne du Mont Panier. Il y avait la même végétation dense, courte, impraticable et la même impression étrange de tourner en rond infiniment, que tout se répétait et qu'il n'y aurait pas d'issue, jamais. Dans la chaîne calédonienne, des gens disparaissent, qu'on ne retrouve pas.

Les marrons laissaient une tâche difficile à leurs poursuivants. L'île n'abrite en son cœur inaccessible que les exclus, les déshérités qui ont écrit l'histoire terrible des esclaves noirs. Il reste les magnifiques légendes des combats de Mafate et Cimendef contre les affreux chasseurs de marrons, sordide passé glorifié par la mémoire défaillante qui veut des héros à chaque bataille. Tout ceci n'est pas écrit au dos des cartes postales. La Morne des Fourches, le Grand Bénaré, le Piton Cimendef frissonnent encore dans les brumes. Au loin l'horizon partagé est serein, c'est une ligne droite, bleu foncé dans le ciel clair, inaccessible.

Des nuages se posent sur le Piton des Neiges ; le volcan sommeille. Dans la mer de sable là-haut entre les laves refroidies, il y a quelques brins d'herbe. La vie recommence après l'apocalypse. La graine a capté la rosée. Il y aura humus, puis terre fertile peut-être à cette autre graine ailée apportée par le vent ou l'oiseau migrateur.

B.

P.S. Dès mon retour, on boit une bouteille et je pars au Croisic pour le film de J. L. Hubert, *Marthe.*

Hôtel de l'Océan, 15 décembre 1996

R.

La neige est tombée cette nuit. La lumière est sourde aux éclats. La mer est une huile lourde que le froid fige aux abords de la plage. Il n'y a ni ciel ni océan, seulement des mouettes engourdies posées sur la toile de fond. Les flaques gèlent à marée basse. Les crabes sont prisonniers des glaces. Les cormorans font la gueule. Les pêcheurs sont aux congélateurs. C'est un drôle de film en noir et blanc. Mais l'attentif y trouvera d'étranges verts sombres et des bleus carbone. Les oiseaux du rivage sont en boule, immobiles, attendant un soleil improbable. Le jour n'est qu'un reste de lune sur le givre nocturne. Celui-là qui vole pour chercher la vie plane au-dessus du deuil. Son cri est un appel sans réponse.

Il y a deux petites taches d'encre sur la page blanche, deux corneilles ébouriffées.

Que fais-tu ce jour, à cette heure, dans le grand livre ouvert à cette date du 15 décembre 1996 ?

Ce grondement sourd est le réveil de la mer, comme un espoir de lumière.

Voici que les verts et les bleus sombres s'illuminent peu à peu. Les goélands s'étirent. La neige fond sur les toits. Les gouttes tintent sur le zinc du balcon. Les chaises d'été s'ennuient. Les femmes de ménage se pressent aux étages, jettent les linges sur les paliers. Un volet claque. La léthargie perd du terrain. L'apocalypse n'est pas pour demain.

B.

Le Croisic, février 1997

R.

La seule chose que j'imagine en regardant la mer, c'est un grand navire venant du large, les vergues glacées. C'est un fantôme ivre qui revient d'Irlande ou de Saint-Pierre, la précieuse morue dans ses cales.

Les marins sont de retour, l'enfer est derrière eux, la misère devant. Un vent d'épines déchire les peaux. La mémoire est engourdie, la mort oubliée. Les yeux sont presque aveugles quand apparaît la côte reconnue et les manteaux des femmes. Ils partaient six mois.

Nous, une pauvre journée de tournage par moins quinze degrés et nous sommes aux galères. Il y a des moineaux sur l'épaule d'un calvaire, un ciel de vieux zinc, une bouée à la dérive. Les dos sombres des rochers ressemblent à des cachalots échoués.

Il y a ici un personnage du grand livre avec une tête de gallinacé agacé qui regarde le spectacle de l'hiver. Il caquette, solitaire, au passage de la mouette. L'œil de la poule s'est fixé sur le large avec stupeur. La mer fume. Une fiente tiède s'écrase sur sa crête.

Elle rit, la folle ! Les chairs secouées sous un manteau noir. Un cri au loin la fige.

Elle se retourne. Un vieux parchemin d'homme l'appelle. Elle s'ébroue.

Le coq octogénaire hurle. Elle rentre au poulailler.

Le vieux pisse sur la neige fraîche. Ça fume sur la tache jaune. L'enfant rit derrière la fenêtre. Le vieux remballe son matériel gelé.

— Boutonne-toi, bon Dieu !

— Ça restera ouvert, Germaine, j'ai les doigts gourds !

— Tu pourrais pisser à l'intérieur !

— Non, ça me fait souvenir quand j'étais petit en 1923 et que c'est beau comme en 1954, tu te rappelles ?

— Je me rappelle bien, c'était pas beau !

— On patinait sur les marais !

— Les gens crevaient, raides comme des bois.

— Tu m'emmerdes Germaine, je vais boire un coup.

Et le vieux, braguette ouverte, cahote vers le bistrot. La brume l'enveloppe. Il disparaît. Un chien grelotte le long du mur.

Ça ne console pas mais moi, je sais que de l'autre côté, dans l'hémisphère sud, il y a un vieux à l'ombre d'un banian. Il pèle une mangue fraîche. Sa pirogue se balance, lascive comme une femme dans la vague, une pirogue rouge et jaune avec une ligne bleue sombre. Sa Germaine à lui chasse les mouches. Elle chante. L'enfant qui court, là-bas, s'est brusquement arrêté. Il ramasse quelque chose sur le sable, une carte postale froissée avec des timbres de France.

Il ne sait pas qu'il y a écrit : *Ici on se gèle, c'est bientôt l'anniversaire de Roland, ne l'oublie pas ! On t'embrasse !* L'enfant regarde l'image : un surfeur dans la poudreuse d'hiver. Il est heureux le petit bonhomme, lui qui n'avait jamais vu la neige.

Chacun son trésor !

Je t'embrasse.

B.

Dialogue

— Tu me vois avec le char ensablé, des récits plein la tête, avec Brel qui chante dans le vent d'Hiva Oa ? Tu me raconterais tes escales en mer du Sud, le bachi *de travers, émerveillé du voyage. Emmène-moi !*

— C'est un endroit lisse et sans heurt.

— Je m'en fous, raconte-moi des histoires, je sais que tu inventes parfois, que tu réécris le passé, que tu transformes la mémoire, mais c'est ton histoire. Je peux croire que j'étais là.

— Je n'ai jamais eu d'aptitude au bonheur. Toi, tu m'apprends. Et tes histoires à toi ?

— C'est l'histoire d'un immobile. Toi, tu cours pour moi.

— Le plus difficile c'est de ne pas figer le silence, de le laisser s'envoler. C'est un papillon qui brouille la mémoire. Dès qu'il se pose, on voudrait le saisir. Mais il s'échappe toujours. Et si on faisait une vraie chasse aux silences, on leur donnerait des couleurs, comme Rimbaud avec les voyelles. Un silence pourpre ! Un petit silence bleu, un silence blanc très venimeux, un silence vert au-dessus des marais, etc.

— J'aimerais mieux une chasse à l'émotion, une émotion bleue…

— C'est quoi, pour toi, une émotion bleue ?

— La peur !

— Pas pour moi.

— Bon, tu m'emmerdes avec tes couleurs, on bouge ?

— On bouge !

— On bouge.

La Rochelle, 2 juin 1997

R.

Le film de Moussa Touré va commencer sans moi.

Là-bas, c'est la saison des pluies. Ça va me plaire.

Tu crèves de chaud, je sais.

Je devais passer dimanche. Je n'ai pas d'excuse. Tu as guetté mes pas. Tes soldats sont venus, eux.

Ils viennent toujours.

B.

Bandafassi, à l'est de la Casamance
15 juin 1997

R.

Ce matin, dans ma case, elle est rentrée comme dans sa cuisine, j'étais presque à poil.

— Comment t'appelles-tu ?

— Mouna.

— Tu veux parler, Mouna ?

— Non, faire le ménage. Mais je peux parler aussi.

— Nous parlerons après.

— Non, après j'ai encore le ménage.

Rêveur, je ne désarme pas.

— Je dois acheter du tissu bleu au marché et une bague.

— Pour qui ?

— Pour une amie.

— Tu veux que je sois ton amie ? Elle a ri, enfantine. Tu me fais cadeau de la bague, je discute pour toi.

Elle s'est penchée pour remettre sa sandale. Ses fesses étaient rondes, fermes, sous le tissu tendu à craquer. J'ai rêvé être une étoffe, mon vieux Roland. Tu ne m'en veux pas ?

Ce n'est pas ton anniversaire, cc n'est pas ta fête, mais j'ai envie que ce le soit. Je te propose de commencer par un voyage en pirogue sur la Gambie brune, après les pluies. Ensuite, un séjour chez les Bassaris et les Bediks. Puis une visite aux lions de Niokolo (selon arrivage). Quelques tranches de mangues tièdes avalées sous la chaleur. Après, c'est au choix. Je te conseille de tout prendre. Palabre avec Diaye, une rencontre inattendue sur les bords d'un chemin rouge gorgé par la pluie. Parfum de menthe au petit jour, d'oranger au coucher. Une bande de golos, petits singes gris et blancs dans les hautes herbes.

L'ombre d'un caroubier, un aigle dans les ascendances. La roche brûlante et grêleuse d'une falaise oubliée. La traversée périlleuse d'un bac de fortune après l'orage. Le ciel de coton noir. Un camion sur le ventre, fracture ouverte, l'essieu comme un fémur. Un taxi brousse sur le flan, la boue sur les visages. Des militaires dans l'ornière, comme des insectes dans la confiture de papayes. Un transistor qui grésille, une voix étouffée. Petit repas sous la tente échauffée. L'eau fraîche du salut. L'orange sucrée. Le village sur la montagne, inaccessible aux véhicules. La marche harassante pour mériter le cercle de cases, la femme nue depuis les premiers jours, le sourire de l'ignorance, l'innocence qui désarme, l'enfance déroutante et fragile comme la lumière sur l'herbe fluorescente. Les sortilèges, le trouble des croyances, l'abolition des certitudes. La mosquée inutile comme l'église, au bout du champ de Kedougou.

Je filme pour toi, avec la mémoire, l'homme qui vient de nulle part à vélo. Il a un sac de riz sur le guidon, un enfant derrière qui rit comme au manège. Il y a le marché de Kedougou, les effluves hésitantes. Il n'y a que des fragments renouvelés, sans désir d'inconnu, sans curiosité, avec la peur de la connaissance. Rien ne bouge et pourtant... Les rapaces tournent en rond éternellement.

Je suis allé sur la colline voir les Bediks. Ils sont très loin, aux premiers instants de la vie. Je ne sais pas quoi leur dire. Eux non plus, ça tombe bien ! Ils me donnent une orange. Je souris, eux aussi, c'est déjà ça. J'ai tenté de leur expliquer que j'avais vu des singes dans les rochers. Je me suis senti aussi ridicule que si j'avais vu des lapins dans le bas Berry. Ils se sont cachés derrière les roches noires. Je voyais leurs petites têtes inquiètes apparaître et disparaître dans le soleil. Ça t'aurait plu. Ils ressemblaient à ceux que l'on flèche d'un trait au curare chez les Yanomanis d'Amazonie. Ils les boucanent sur des claies de bois. Les femmes grignotent la tête et les pattes. Elles gardent les os accrochés à l'auvent de la case en hommage au chasseur.

Je n'ai pas vu de cobra. Pourtant, il y en a beaucoup. Ils ont peur des blancs sans doute.

Sur une piste, il y avait des voitures en attente. Des camions renversés obstruaient le passage. Pendant ces longues heures, je n'ai vu personne s'impatienter. J'ai déambulé en remontant la file. La portière ouverte d'une 404 m'a laissé voir une jambe, fine, magnifique. Sa propriétaire l'était aussi. Elle a souri pendant que j'admirais sa main, longue, délicate, abandonnée sur sa cuisse nue.

J'ai bandé, Roland !

B.

Kedougou, Sénégal oriental, 21 juin 1997
Tournage de TGV

R.

Une vaste main d'eau gifle une statue d'homme, debout dans la glaise d'origine. Il oppose un regard de résistance, comme un torturé impassible. C'est la fascination de l'impuissance à regarder l'épilepsie du temps. C'est un orage africain en rouge et noir. Il y a des jaillissements aquatiques dont on ne sait s'ils viennent du ciel ou de la terre.

Il y a une femme enveloppée de bleu. L'eau coule sur son visage soumis. Elle essore son linge, qu'elle tire d'une immense bassine à fleurs vertes. Elle fait cela avec soin, d'un geste automatique et calme. Elle déplie la torsade bariolée qui s'ouvre comme un drapeau trop lourd puis la pend par deux roseaux fendus sous la pluie tiède.

Je suis sur les bords de la Gambie de Kedougou au matin, un instant sous le ciel lourd de l'hivernage. Le fleuve est une drogue douce, apaisante. Il y a ce danger obscur d'être absorbé, digéré par le temps aboli.

Rien n'est étranger. On est arbre, fleuve, multiple au familier mystère. Puis peu à peu la pluie s'apaise. Il y a une lumière de cristal. Le corps bouge et le temps se décompte. On est réalité revenue au visible.

Un enfant sur la piste attend chaque jour notre passage. Le chauffeur lui prend son lait et trois épis de maïs. Le garçon est doux, il sourit timidement. Il fait un geste de la main jusqu'à ce que nous disparaissions. J'ai acheté du pain près d'un petit four en terre. Deux Maures tiennent une épicerie. C'est une petite case sombre. Des planches s'appuient sur les bidons d'huile. Il y a du shampooing Dop et du savon Camay, du riz au détail et des biscuits coco. J'ai déniché sous la poussière une boîte de sardines du Maroc, une très vieille boîte en fer blanc, jaune et rouge. J'ai fourré mes sardines dans le pain ouvert. C'était bon. J'ai bu du bissap, le jus de l'hibiscus, du bouille aussi, fabriqué avec le fruit du baobab. Le soir, la brousse raconte des histoires que le blanc ne comprend pas. Il aime bien croire, le blanc, qu'il est un peu africain. Il hume les premiers matins des hommes. Il a raison après tout, nous sommes tous de la même espèce. Alors il s'enivre de ses origines avec l'odeur des bois brûlés, de la menthe, des graines écrasées. Il y a ce lourd parfum sucré, indéfinissable après l'ondée. Ça le bouleverse, le petit blanc. Il regarde s'agiter l'équipe là-bas. Il se demande pourquoi on fait du cinoche ici. Le toubab fait du cinoche chez les noirs et les noirs font du cinoche avec les blancs. Les noirs de la brousse ne font pas de cinoche. Ils regardent les noirs de la ville. Ils les envient sans savoir.

Ils ne comprennent pas pourquoi ils s'amusent avec tant de sérieux.

Il y a une case qui filme. Il n'y a pas de cheminée ? Non. Les enfants toussent en s'essuyant les yeux.

Il y a un village de l'autre côté de la montagne bleue, dans le Fouta-Djalon, vers l'est. Une jeune fille est venue soutenue par son frère.

Elle est très faible. Elle a une tumeur au sein. Il est où, le médecin blanc ? Le toubab toubib regarde, palpe. La jeune fille grimace mais elle s'abandonne, le sorcier blanc est une femme. Il faut l'emmener à Kedougou. Elle a une chance ? Peut-être ! C'est déjà tard.

Un camion va l'emmener là-bas. Le frère ne bouge pas, il ne comprend pas. Quelqu'un traduit. Tu l'accompagnes ? Non, je retourne au village. Elle reviendra quand ? Je ne sais pas. La jeune fille pleure. Tout le monde pense qu'elle va mourir.

Le vieux qui traduit n'est pas ému. Il nous parle de ses fils qui font de grandes études à Kedougou. Il est bavard. Il raconte son troupeau, le maïs, ses femmes. Il voudrait bien prendre le camion avec la jeune fille malade. Il doit aller chercher une troisième femme, sur le bord de la Gambie. C'est une Peule du nord. Sa première femme est trop vieille et il a répudié la seconde. Elle est belle ? Comme ma fille cadette. Elles ont le même âge. Elles vont bien s'entendre.

On rentre à la nuit avec la petite malade. Les phares balaient la pluie. La piste a des crevasses comme des précipices ; le camion s'embourbe. Le pont est sous les eaux. On est trop fatigués pour avoir peur. Je me prépare quand même à sauter. Ça passe. La jeune fille souffre. Il n'y a rien à faire. Sur le chemin, dans la lumière des codes, une vieille femme boite avec une béquille en plastique. Elle se retourne lentement. Ses yeux sont blancs. Elle tend sa main vers le camion qui fume. Le chauffeur klaxonne en vain. La vieille est figée dans la boue, la main en offrande. Il descend en tenant un carré de toile sur sa tête. Il palabre avec la vieille. Il s'agite, fouetté par la pluie. Il piétine. Il palabre seulement. Il revient vers la cabine, prend deux bananes, demande des pièces.

« C'est l'aveugle de Goro Goro ! » Il trouve trois sous qu'il rapporte à la vieille. Elle remercie de sa bouche tordue. Sa main s'est refermée sur les pièces, ses yeux blancs fixent les phares.

Le chauffeur l'écarte contre un arbre mort ; elle semble crucifiée sous la pluie. Le camion la dépasse, elle s'évanouit.

— Elle cherche son fils.

— Elle n'a pas de fils, il est mort depuis longtemps.

— Je ne sais pas. Elle a dit : « Mon fils doit revenir avec les pluies. » Je lui ai dit que c'était le bon moment alors !

Tout le monde rit.

Un soir, il y a eu un ciel d'étoiles. Quelqu'un a tenté de le lire en écartant la bâche. Je somnolais. Le voyage aurait pu durer l'éternité. Il y a quelqu'un qui chante au bord du fleuve. Une femme sans doute, qui berce les heures. Voilà un peu de ces jours passés à Kedougou avec l'ombre rapide des pailles-en-queue dans la brousse.

Je t'embrasse.

B.

P.S. La fièvre monte à Kedougou. Le film de Moussa Touré est chaotique. Il y a parfois des dérives caractérielles. Les passions et les pouvoirs livrent bataille. Le cinéma est une drôle de planète.

Sur le bateau Dakar-Ziguinchor
Deux heures du matin. Juin 1997

R.

Je reviens de la passerelle, difficile de trouver le sommeil. J'aime la nuit sur les bateaux. La voix douce de l'officier de quart dans le silence complice, attentif. Il y a le chuintement des instruments de bord, l'annonce des hauts fonds, le cap. Nous longeons les côtes du Sénégal et de la Gambie. Le jour se lèvera à l'entrée de l'estuaire de la Casamance. Je connais les rives, les îles, la profondeur à la barre. Je devine à la pointe du jour le grand mât de fer de Diembering, la plage à peine heurtée par les vagues de l'île de Karabane. Plus loin, c'est la pointe Saint-Georges, le marigot de Diouloulou. Il y aura les pirogues de mer avec leurs bouts dehors comme de grands espadons. J'attendrai ces heures avec bonheur. La nuit s'étire avec la houle. Je viens de t'allumer une clope. C'est le moment propice aux bavardages. Le bateau craque.

Trois heures ! Pardonne-moi, j'ai somnolé. Je t'ai parlé pourtant. Je marmonnais que le marin ivre de mer titube aux premiers pas. Pendant des jours il a été bercé, nauséeux, d'un roulis lénifiant. Il n'a pas eu le temps de s'enivrer de la terre. Il se heurte aux filles faciles. Il cogne des verres comme des gueules.

Si la violence d'une culture ne le bouscule pas, il reste aveugle. Il ne garde que des empreintes fragiles à peines esquissées. Il cherche alors une autre violence plus immédiate, une manière de secouer l'embrun, les nuits d'étoiles qui couvrent ses épaules. Il chaloupe vers les gynécées des ports sans savoir souvent qu'il y a un pays autour. Il ne restera que quelques photos prises par la mémoire et il s'étonnera plus tard qu'elles ne ressemblent pas à ce qu'on apprend dans les livres. De certaines parties du monde, il ne reste rien, que la première et la dernière image des ports. Pour moi, le Mexique c'est Veracruz, là où a débarqué Cortez pour la première fois. C'est la grande place, le Zocalo où, quand arrive le soir, les jeunes filles se promènent dans un sens et les garçons dans l'autre. C'est un jeu. Comme des phalènes, ils tournent jusqu'à la rencontre hasardeuse.

Le Mexique c'est aussi la femme à la mantille noire accompagnée d'hommes sombres et déférents. Elle s'assoit seule à une table du café San Lorenzo. Les hommes restent debout. Elle fait un signe aux Mariachis qui jouent déjà entre les tables. Ils se précipitent courbés sur leurs instruments. Elle murmure. Le chef lit sur ses lèvres ce qu'il sait déjà.

Les Jarocos, les Mariachis jouent alors une romance déchirante que la *plaza* tout entière écoute religieusement. Une histoire d'amour brisé par le destin qui laissera une trace éternelle dans le cœur de la femme abandonnée. C'est peut-être un mauvais film mexicain mais l'actrice est magnifique même si ce n'est pas Maria Felix. Les deux marins assis à quelques tables du café San Lorenzo et qui boivent la Noche Buena n'ont d'yeux que pour cette femme douloureuse et belle. Cachée sous la mantille, elle est encore plus belle. L'histoire qu'ils imaginent est autrement plus forte que le scénario original. Je le sais, j'étais là.

Pour le marin, l'Amérique c'est 'Frisco, le Chili, Valparaiso, l'Australie, Sydney, Perth, même s'il n'a jamais vu le bush, les aborigènes ou le grand cratère. L'Afrique du Sud, c'est Cape Town, Durban, et il ne connaîtra pas les dunes de la frontière namibienne, les mines d'or du Transvaal et les grandes réserves du nord. Peu importe, il cherche l'agitation des ports, les rêves qui se racontent aux comptoirs. Hors de son élément, il cherche la mixité, les couleurs de peau, le troisième sexe, celui des fous.

J'ai sommeil. *Bou dion dion, benike,* il est tard, au revoir. Cette fois, c'est du diola. À tout à l'heure.

B.

Karabane, 2 juillet 1997

R.

J'attends une pirogue. Je pense à notre voyage dans les mers du sud. Il faudra prendre le temps. Tu auras levé ton ancre et moi, oublié qu'il y a toujours un bateau qui m'attend.

Toi qui me parles des Marquises sur la route des Maoris que les courants emmenèrent jusqu'à Tahiti puis plus au nord vers les îles Sandwich et Hawaï, je n'ai connu d'Honolulu que les Hawaïennes blondes *made in* Frisco. Que reste-t-il des belles Maories de Waikiki sinon de la chair pour soldats du Vietnam en convalescence ? Plus que les femmes, ils chevauchent les vagues du Pacifique, les soldats fous dont on disait qu'il fallait leur balancer des oreillers pour les réveiller et éviter ainsi le coup de poignard. On ne touche pas un soldat qui dort.

Ils étaient deux dans une Buick jaune décapotable. Ils nous ont pris à bord pour une balade. On a regardé les filles du bord de mer de Waikiki beach sans les toucher. On a fumé des herbes mélangées. Pas un mot pour communiquer. Comme une rage inassouvie, ils avaient envie de tout brûler, tout de suite. La voiture est passée sur un pont en bois, tacatacatac. Ils se sont couchés sur la banquette, la voiture continuant sa route. Ils se sont brutalement relevés et, comme des déments, imitant le bruit d'un fusil mitrailleur, ils tiraient sur tout ce qui bougeait autour de nous. Traumatisés à vie. Personne ne s'en étonnait, sauf nous qui ne comprenions rien. Ils étaient à peine plus âgés que moi. Je n'ai rien vu du volcan, de la vie hawaïenne, que cette poche de milliardaires américains sur Waikiki beach.

Je n'ai ramené à bord que le parfum des femmes, sucré comme l'alcool des bars. Il n'y a rien parfois que l'on retienne et l'on a hâte d'appareiller avec un vent fort pour nettoyer tout ça.

À bord dans le carré, les anciens, sans lever le nez de leur paire d'as, posaient des questions. Ils n'étaient pas dupes de nos réponses et nous assuraient qu'eux aussi avaient passé un moment formidable. Il suffisait de compter les cannettes vides. Alors on ouvrait les dernières bières pour se finir comme on dit, une manière de se serrer les coudes.

Mais je n'oublierai jamais mon premier amour à Wellington, la petite Japonaise de Kōbe, Diego comme un corps mort et les matins conquérants sur les îles du Pacifique.

B.

Cap Skiring, 5 juillet 1997

R.

J'ai une paillote cachée dans les bougainvilliers face à l'océan. Je suis chez l'ami Christian au milieu des alamendas, des balisiers, des lianes aurores. Il y a aussi des calliandras, des pompons de marin. Amusant pour un quartier-maître. Sur le Diola, entre Dakar et Ziguinchor, je t'ai emmené à Honolulu et je ne t'ai pas parlé de la dame de Balboa.

C'est à Hawaï que s'est terminée pour un quartier-maître chef électricien une folle histoire d'amour commencée un mois plus tôt à Balboa, après le passage du Canal de Panama. C'est une histoire d'hommes d'équipage. Les officiers n'avaient pas la délicatesse de me confier leurs aventures. Le quartier-maître avait rencontré une riche et belle jeune femme de la société panaméenne. Elle possédait une *estancia* gigantesque dans les hauts du pays. Je n'ai jamais vraiment su si elle était jeune et divinement belle. Je veux le croire, mais elle était certainement très riche. Cela peut aussi faire rêver. Peu importe, elle s'était éprise du marin. Lui n'était pas Cary Grant mais il avait de l'allure, une sorte d'élégance animale avec un capital sourire irrésistible. Elle fut conquise. Il marchait dans la rue. Elle demanda au chauffeur de s'arrêter. Elle le héla. Il crut à une plaisanterie. Elle insista. Il accepta. Le quartier-maître était doué pour l'aventure. Il passa ses journées de permissionnaire dans la grande *estancia*. Il but des jus de fruits du paradis, des philtres d'amour, des cafés *con leche*. Il mangea des viandes savoureuses, fit l'amour, goûta les chairs de la dame et y trouva du plaisir. Il était ogre, elle aussi. Madame accompagnait son marin à bord dans une Buick blanche et prolongeait les baisers au-delà de la séquence autorisée par la censure. Les officiers de la coupée, en blanc immaculé, ricanaient discrètement, comme des officiers. Ils jalousaient férocement ce quartier-maître verni qui cependant n'avait participé, de par son grade, à aucune réception officielle réunissant les diplomates et les grandes familles de Panama. Eux si, et aucun miracle ne s'était produit.

La Buick était belle. La femme restait dans l'ombre. Le chauffeur ouvrait la portière au quartier-maître. Une main délicate traînait lascivement sur la manche de vareuse blanche barrée de trois galons bleus. Elle s'attardait un instant, frôlait la main du quartier-maître puis s'échappait à l'intérieur. Nous rêvions.

Le quartier-maître remontait à bord sous une bordée de sifflets, pressé de questions auxquelles il répondait évasivement. L'homme n'était ni vantard ni bavard et il entretenait un mystère qui le dépassait. Nous quittâmes Balboa pour San Francisco. Douze jours au large du Costa Rica, du Honduras et du Guatemala, le temps d'apercevoir une ligne hésitante sur l'horizon qui pouvait être le Mexique. Puis ce fut la Californie, Los Angeles et enfin la grande ville de l'ouest au bout de la Golden Gate. La *Jeanne d'Arc* arrivait dans la baie de San Francisco. Je n'étais pas de quart et comme tous les marins du monde, je scrutais avec envie la nouvelle terre que nous abordions. Un hydravion tournait au-dessus du navire. Il s'éloigna à contre-jour, revint brutalement au plus près et amerrit à un demi-mille du sillage de la *Jeanne*. Manœuvres de quai, appels, sonneries du clairon, sifflets, descente de la coupée, prise de quart. Permissionnaires, sonnerie de nouveau, inspection des permissionnaires et ainsi de suite, comme une habitude bien prise, immuable, réglée sans faille, à laquelle toute entorse serait un grain de sable déstabilisateur de la machine, une blessure dans la rigidité des structures. Ça tenait comme ça, et très bien. J'ai toujours été rebelle à cet ordre impeccable, mais très étrangement, il me fascinait et j'éprouvais même parfois une certaine jouissance à me mettre au garde-à-vous. Il y avait une jubilation intense à être trois ou quatre cents marins et officiers en blanc, alignés par poste et par arme sur le pont d'envol fouetté par le vent de mer, les pantalons et les cols bleus claquant comme des pavillons. Le bâtiment remontait la houle et je sentais une force solidaire, un élan collectif. Même si cette fierté peut sembler imbécile, elle est ressentie. Que l'individu le veuille ou non. Il peut toujours ironiser et prôner l'antimilitarisme, il est dans le bain et il le subit. L'homme est ainsi fait.

C'est probablement dangereux, infiniment ambigu. Cet état inhibe toute lucidité et les groupes, les masses ainsi fortifiées vont droit au précipice. Je t'emmerde ? C'est juste. Ce sont de vieux restes qui me perturbent encore. J'en ai oublié le quartier-maître électro perdu dans les rangs des permissionnaires. Rompez les rangs.

Il descendit la coupée. Une portière de limousine s'ouvrit et il s'y engouffra. La dame de Balboa avait eu le temps de débarquer de son hydravion, prendre un hôtel, louer cette somptueuse voiture et passer outre les interdits en prenant le chemin très réservé de l'arsenal américain.

Un message était arrivé à bord avant l'accostage. Le quartier-maître était resté silencieux sur une surprise qui le laissait sans voix. Ils ne quittèrent pas l'hôtel. Il ne vit pas 'Frisco. Il fit ses quarts dans la somnolence. Le jour du départ, l'hydravion vira par deux fois au-dessus de la *Jeanne* et disparut vers le sud.

Honolulu était à sept jours de mer. On en profita pour me pendre, un après-midi de torpeur, à l'approche des tropiques. C'était un jeu d'ivrognes pour faire peur à la bleusaille. J'avais mal répondu à l'ancien sans grade. J'étais le plus jeune quartier-maître du bord et suffisamment giron pour leur donner des idées. Giron ou pas, je n'avais aucune envie de perpétuer la coutume du tonneau et de satisfaire ces trois allumés. Je me défendis en insultes et en coups. Je frappais à l'aveugle sans technique. C'était parfaitement inefficace.

Il n'y avait malheureusement que quatre imbéciles dans le poste, moi et les trois tueurs. Les autres étaient de quart ou somnolaient à l'ombre des passavants, bercés par une mer d'huile. Ils rêvaient aux îles, une main entre les jambes. Après quelques sévices et percevant la tâche difficile, ils décidèrent de me pendre au milieu du poste d'équipage. Ils fixèrent ma ceinture aux tuyaux du plafond et entreprirent de me passer le cou dans la boucle. « Avec ta ceinture, c'est un suicide », rotait le plus grand en titubant. Ce fut ma chance. Il leur fallut du temps pour me hisser jusqu'à la boucle. Je me débattais et il aurait fallu m'assommer.

Ils ne le firent pas. Ils haletaient de rage. Ils ricanaient en m'écrasant les couilles. J'avais les mains attachées dans le dos. Ils finirent par m'étrangler et me pendre. Je restais suspendu à trente centimètres du sol en donnant de furieux coups de pieds autour de moi. Ils attendaient l'agonie peu probable. La ceinture trop large me prenait le menton et l'étranglement était laborieux. Un second maître, alerté par mes cris, remit de l'ordre sans chercher à comprendre et sans faire de rapport. Je n'ai pas porté plainte. Ça ne se fait pas chez les hommes.

J'ai commencé la boxe anglaise et un entraînement de chien dès le lendemain.

Le bateau, lui, continuait sa route vers les îles Sandwich. Hawaï est une belle île volcanique. Nous vîmes ce que vit Cook en 1778 et ce que virent les Tahitiens sur leurs tikis bien avant Mr Cook.

C'est une esquisse bleue au matin dans la brume de mer, un trait encore malhabile sur l'horizon. Puis au long des heures qui éclairent, le vert naît de la luxuriance des collines, le noir des récifs et les lèvres blanches de l'écume, comme un collier. Un archipel de perles sur le Pacifique sud. Le marin s'évade. Le port d'Honolulu avait renouvelé sa flotte et malgré l'originalité de notre porte-hélicoptères, conçu pour traverser des nuages atomiques, nous n'étions qu'un bâtiment de guerre parmi des bâtiments de guerre. Un peu plus loin vers Waikiki, dans la baie des civils, un hydravion était posé sur l'eau turquoise.

Ce fut la fin du roman entre le marin et la dame de Balboa. Je le vis dans ses yeux. Le conte était crédible sur deux escales. À la troisième, cela devenait une histoire, une liaison. Un marin n'a pas de liaison, à part la mer. C'est un découvreur indécrottable. Il jure ne jamais oublier une femme qu'il a connue dans un port, qu'il a passionnément aimée. Il pleure près du bossoir, comme dit la chanson, les deux ou trois nuits qui suivent son départ mais, un soir, la mer s'engouffre pour brouiller les images. Elle glisse le long de la coque, chuinte dans sa fuite, s'harmonise en courbes régulières et ondule jusqu'à l'infini. Elle hypnotise et le marin s'endort. Au réveil, il attend avec impatience l'oiseau annonciateur et les parfums échappés de la prochaine terre.

La dame de Balboa avait fait une escale de trop. Malgré son amour, sa beauté, son mystère et son argent, elle n'avait pu garder le marin qu'elle avait vu un jour, renversé par le rire, dans une rue de Balboa. Elle s'était arrêté et l'avait aimé. Un mois plus tard à Honolulu, après une nuit d'amour, il lui fit comprendre que son hydravion gâchait pour beaucoup le paysage de l'inattendu.

Salut.

B.

— J'ai de bonnes nouvelles pour notre hérésie marquisienne. Il faudrait partir en avril prochain.

— … !

— Un transport de troupes doit relier Tahiti. Il y aurait un escorteur d'escadre ou un dragueur de mines qui serait susceptible de nous emmener vers l'archipel. Tu réalises, j'espère, l'ampleur des moyens mobilisés pour un immobile en Pacifique.

— … !

— Ne te rengorge pas. Il s'agit de profiter d'une mission humanitaire et pour moi de faire un film sur les tâches accomplies par la Marine nationale. Histoire de retourner trente ans en arrière, de passer ma mémoire au révélateur. Pourvu que les photos soient bonnes. Tu verras que le carré des choufis est autre chose que la cantine de Saint-Jean.

— … !

— J'ai trouvé une photo du bateau de R. L. Stevenson prise à l'Île de Pâques avant de mouiller aux Marquises. Moi, c'était sur la Jeanne d'Arc, cols bleus et pompons rouges. Ça va te plaire !

— … !

— Je vais m'entraîner en Équateur. Après je pars pour cinquante représentations du Libertin *en tournée et je rentre à la fin de l'année pour te secouer les puces.*

Quito, 12 septembre 1997

R.

Équateur : condensé de l'Amérique du Sud.

Pays des volcans : Cotopaxi, Chimborazo, Riobamba. Civilisation précolombienne trois mille ans avant JC, invasion des Incas, déportation des populations canari. Apogée de Tupac Yupanqui le conquérant, délires de Pizarro. Derrière l'hôtel Quito, il y a la statue de Francisco Orellana. Il partit d'ici pour son aventure amazonienne. J'ai vu l'Amazone à Belém et Manaus où sur un misérable brigantin fabriqué par ses soldats, Orellana, après un an d'errance, a rejoint l'Atlantique. Humboldt est venu traîner ses guêtres ici.

La cathédrale de Quito contient suffisamment d'or pour payer toute la dette latino-américaine et pourtant le pays s'enlise dans l'inflation, le chômage, la pollution et la délinquance. Tu aurais du mal à respirer ici, c'est trop haut, trois mille sept cents mètres. La Panaméricaine est un ruban fumeux où pétaradent des moteurs essoufflés.

Hier, des travelos ont attaqué un ami à la machette pour lui piquer son fric. Il a eu très peur. J'ai acheté une vraie fausse antiquité, une petite massue en pierre avec laquelle on assommait les prisonniers avant de les sacrifier au dieu Soleil. On leur taillait la poitrine et on leur arrachait le cœur. Ce devait être follement drôle.

La monnaie, ici, est le *sucre,* du nom du maréchal qui vainquit les Espagnols. *Sucre,* pour une monnaie, c'est fondant. Je suis descendu par le fleuve en kayak jusqu'à Esmeralda. C'est une ville-poubelle. J'aurais préféré voir Cuenca.

J'allais oublier l'essentiel, l'Équateur est la vraie patrie du chapeau le plus célèbre du monde, le panama. C'est aussi la patrie des peintres Guayasamín, Kinghan et du muraliste Geguez. Ça t'intéresse, j'espère.

Je sais, je te bouscule. Tout ça va un peu vite mais j'ai parfois besoin d'un galop.

Salut !

15 septembre 1997

Quito exhale une fumée âcre comme le souffle des volcans. Les camions dégueulent des volutes noires.

Le taxi de l'*amigo* aussi. Ça hurle de la trompe et des freins.

— Tu es blanc ? Moi, je suis plus riche que toi. Je suis blanc et indio. Blanc de plusieurs blancs et indio, indio de ceux d'avant les blancs. On mange le même poulet, *señor*, mais pas avec la même fréquence.

L'Inca est venu, a vaincu, l'Espagnol est venu, a vaincu l'Inca qui avait vaincu les Canari, les Aymaras... Qui est vainqueur aujourd'hui ? Les enfants des décharges d'Esmeralda ? L'Indien sent l'Indien. Mais le blanc sent le blanc, comme une eau tiède et sulfureuse. Nous sentons tous plus ou moins. Il faut s'en accommoder.

— Tu as été là-haut, sur le Cotopaxi. Évidemment, tu n'as pas vu les dieux ; il faut croire pour voir. Toi, tu as vu le rose, le mauve, le bleu sombre des séracs, les fumerolles indécises du cratère. Les dieux t'ont regardé passer, harassé, titubant, cherchant l'inutile victoire. Ils ont ri certainement quand tu as dévalé les pentes comme un cheval ivre à la recherche du souffle. Le vrai souffle est au fond, sourd, patient. Il est plus difficile à dompter que la fatigue. Tu es venu voir les *quebradas* des premiers jours, les torrents furieux avides de laves effritées. Est-ce que tu as vu les chevaux sauvages sur les pentes du Kayembé ? La peur des lendemains au bord des volcans rassure le dieu Soleil des Incas. Il triomphe dans les cœurs simples.

— Je n'ai rien vu d'inutile. Les conquistadores déchus sont figés dans la lave noire. J'ai vu ton peuple sur les bords du fleuve. Ils étaient comme des oiseaux malades sur des pilotis vermoulus. J'aurais voulu être un condor.

— La montagne doit être belle de là-haut. Au niveau des hommes, il y a putréfaction. La fange amollit l'âme et la misère durcit les cœurs. Il vaut mieux être un voleur, c'est moins malhonnête que d'exercer le pouvoir.

— Que vont faire les enfants ?

— Et chez toi, en Europe, qu'est-ce qu'ils font ? Salut !

Mon taxi est fatigué. Je l'emmène boire. Après, j'irai voir Clinton à la télé du café. C'est une bonne histoire. Salut, *gringo.*

17 septembre 1997

La petite fille s'en fout. Elle chante, je l'entends encore.

Je remonte l'*avenida* Amazonas. La jeunesse quiténienne est aux terrasses — les riches. Les pauvres se chamaillent sur le trottoir sombre.

Il y a des rires, les phares des voitures folles, le pas hésitant d'un Indien ivre, la viande grillée, le maïs brun et la gomme sucrée. Il y a eu la grève. Il reste les cendres des feux de paille allumés au hasard.

Avec le calme revenu, une ivresse de shit a envahi les rues, on joue aux dominos, aux dés. T'as perdu. T'as pas d'argent ? Tu ne peux pas jouer. Ça fait rien. J'entends chanter la petite fille de Quito. Je me guide à sa voix. Pourquoi il crie comme ça, celui-là : *La vida, la vida, viva la vida.* Va te faire écraser, *loco.* Il s'envole avec ses pancartes comme un pantin : *Jesus está con nosotros. Jesus está con nosotros.* La petite fille ne chante plus, je l'ai perdue.

Il y a un gros tas de chair sur une chaise roulante. Un visage bouffi dodeline au sommet. Deux fentes minuscules pour les yeux occultent le regard. Il couve de sa grosse main un poste à cassettes. J'ai retrouvé ma petite fille. Elle est derrière la chaise d'Elephant Man. Il vomit quelques mots avec une bave brune. Il écrase un bouton du poste et un accordéon désespérément gai grésille pour ma poupée. Elle chante, fragile et mécanique, la petite poupée sale de Quito. Elle a renoncé, déjà. Elle ne regarde plus, elle fixe quelque chose très loin. Quelque chose d'invisible pour nous. La petite vendeuse de gommes, plus jeune encore, tout en rose, comme une barbe à papa, la regarde avec envie.

Un vieux monsieur distingué me sourit. Il murmure dans un français impeccable : « Sa maison est accrochée sur les pentes avec toutes les autres. Il n'y a rien là-haut. Vous devriez aller voir. Pas la nuit bien sûr, il n'y a que les feux d'eucalyptus et des éclairs de couteaux. Restez dans la lumière si vous en trouvez. »

Il s'appuie à mon bras. Il a un parfum de femme. Il ne semble pas respirer entre les phrases.

Je n'ai pas tout écouté. L'accordéon s'est éteint. La petite fille pousse le tas de chair dans l'ombre. Il y a une pièce sur le trottoir, une petite pièce de rien qui brille. La vendeuse rose a disparu.

Je rentre. Il n'y a plus rien à faire.

B.

Dialogue

— Je t'ai parlé des Marquises avant de partir. Tu es resté muet. C'est une réalité qui se dessine en eau-forte. Là-bas tu vas te perdre dans des marines outremer, des verts émeraude, des huiles jaunes sur des fonds coq de roche. Tu vas mourir dans les couleurs. C'est du Gauguin qui bouge. Souviens-toi, la Tahitienne en bleu, les jeunes filles, le repas de fruits.

— Ça me paralyse tout ça.

— Tordant. Ne fais pas le con, Roland, ta tête nous suffit. Il faut un visage au centaure. Il faudra être deux pour n'en faire qu'un. Remue-toi le couvercle et soigne tes bronches. Moi, je m'entraîne dans les Andes. Je vais revenir pour te foutre en lévitation polynésienne.

— Je ne suis pas bien en forme.

— Tout va se précipiter jusqu'en avril et j'ai besoin que tu sois prêt, frotté, bouchonné, la tête en gyroscope et l'œil en compas pointé sur l'archipel. Tu dois être un GPS obsédé par la position suivante : 9° de latitude sud et 139° 30' de longitude ouest. Il faut un bon cyclone dans la tête, Roland, des embruns qui ruissellent et emportent toutes les craintes. N'aie pas peur de ce qui est unique.

— C'est ça qui me fait peur, que ce soit unique.

Paris, 18 octobre 1997

R.

Parfois je pense à ces merveilleuses rencontres. À Madagascar avec Marie l'innocence, en Amazonie avec un certain Omar Shutz. Je me souviens de ces visages de Puerto Montt au Chili, de la Patagonie, des livres de Bruce Chatwin, ceux de Coloane. Je me souviens du Japon, les îles comme une flottille à l'ancre qui tire sur ses chaînes désespérément.

Il y a eu cette femme, un hiver, dans les calanques de Cassis. Elle pleurait en regardant la mer. J'ai tendu la main, elle s'est éloignée sans me voir. Je crois bien que c'est elle qui est morte le lendemain. Il y avait une petite information dans le journal de Marseille avec une photo floue. La jeune femme souriait, méconnaissable, mais je crois bien que c'était elle.

L'autre soir, au théâtre, un manteau glissait sur le marbre. La dame flottait entre les tentures rouges. Elle s'est retournée sur un homme avec un regard étonné, un regard en équilibre. Un vent froid a entrouvert son manteau. Elle a frissonné, hésité un instant, puis elle a rejoint un monsieur élégant, patient. Ils ont disparu avec un courant d'air.

À propos de courants d'air, évite-les ! Ce sont de mauvaises fréquentations pour toi.

Je t'embrasse.

B.

— *Tu voleras avec ton char dans les ailes d'un DC10 et tu sortiras à l'autre bout du monde, ébloui.*

— *Raconte !*

— *J'avais dix-sept ans, trois longs mois déjà autour de la terre, de Brest à Veracruz, de Panama à Hokkaidō, des côtes chinoises au cap Horn. Il a suffi d'un coup de balai dans les nuages à la saison des pluies pour qu'apparaisse droit devant nous Nuku Hiva. Alvaro de Mendaña de Neyra découvrit les Marquises au* XVI*e* *siècle et rendit ainsi hommage à la Marquise de Mendoza, femme du vice-roi du Pérou. Je l'imagine bien, cette marquise, sous sa mantille noire se livrer à une passion dévorante et coupable avec le bel Alvaro. Ce n'est pas notre histoire, revenons aux Marquises.*

— *C'est le paradis ?*

— *Qu'est-ce que tu en sais du paradis ?*

— *J'en sais ce qu'en disent les voyageurs.*

— *Méfie-toi d'eux, leur mémoire est une gomme, elle efface la laideur. Comme Cervantès, le voyageur souvent ne peint que la beauté. Il veut croire aux contes et à l'enchantement. Il ne se réjouit pas de l'horreur. La misère et le malheur sont encombrants. Il ne dessine que ce qu'il rêve ou espère. Il esquisse des femmes graciles, sensuelles, fragiles. Il oublie celles courbées vers le sol, un enfant sur le dos, qui grattent la terre de cendre ou l'argile craquelée. Au retour des champs, elles se mettent aux fourneaux et comme ultime tâche, pour avoir enfin la paix, elles devront tout à l'heure accepter la jouissance du mâle. Le voyageur veut s'enivrer, pas désespérer. Don Quichotte veut que la vie soit un roman de chevalerie et Sancho Pança ne voit que la triste réalité des hommes. Qui est le plus heureux ?*

— *Tu m'emmerdes franchement. Je verrai les Marquises comme tu me les racontes. Moi aussi, quand je rêve, il y a des bergers musiciens, des femmes belles et riches, des fins heureuses, un bonheur impossible. Quand le malheur s'abat sur la beauté et l'amour, le conteur en fait une légende. Si tu savais que de légendes j'ai inventées au jour le jour sur mon char dans les couloirs de Saint-Jean !*

Paris, 12 novembre 1997

R.

Ce n'est qu'un mauvais passage. Tu n'as eu que ça, des mauvais passages. Tu m'as toujours dit : ce n'est qu'une bronchite, rien de plus banal. Je ne peux pas croire que ce passage-là soit plus encombrant que les autres. Ça se terrasse, une banalité. Il faut l'étrangler dans l'œuf, la juguler dès le départ sinon elle s'aggrave. Tu as toujours été le plus fort. Il ne faut pas laisser vivre une banalité. Je vote pour une IVG des banalités, un holocauste, une chasse à courre, une traque avec chiens dressés à renifler la moindre banalité. Je suis pour un massacre sans pitié. Ris un peu s'il te plaît.

Tu n'as pas oublié les Marquises ? C'est en avril, mon pote. Tu as peur ? Un peu ?

Le seul sac que je mettrai sur le dos pour partir là-bas, ce sera toi. Je n'irai pas seul cette fois. Je t'ai emmené partout sans que tu quittes ta nacelle monoplace, sans que tu quittes ta tour de contrôle et ton ordi. Tu es venu avec moi par procuration. C'est fini, la facilité et les petites lâchetés. Cette fois, on part vraiment ensemble.

Il faut quitter ta chambre pour l'hôpital ; prends-le comme une étape intermédiaire. Il faut être raisonnable, ont-ils dit. Je ne suis pas certain que ce soit un terme qui te rassure. Vas-y s'il le faut et restes-y le moins longtemps possible.

On ira, un fusil à pompe dans chaque main pour flinguer tout ce qui bronche, puisqu'il s'agit de ça. Tu ne penses tout de même pas que nous allons abandonner l'humour au profit du morose. Ça aussi je flingue. C'est toi qui m'as appris à tirer sur les vols de plaintes, à faire des cartons sur le blues. On en a brûlé des cartouches tous les deux. Il nous en reste encore, pour gros calibre. On va rigoler.

Je rentre demain.

B.

Dialogue

— La Jeanne d'Arc n'avait rien de la Boudeuse et je n'étais pas Bougainville, mais tout de même. Ils sont tous passés là, les Wallis, Cook, Melville, Loti, Stevenson, London et plus tard Gauguin, Segalen et Brel. Brel, ton copain qui est parti trop tôt en te laissant tout seul, immobile sur ton char. Ce voyage dans le Pacifique Sud, c'est une comète qu'il faut attraper par la queue. On n'aura droit qu'à un tour, Roland !

— Bougainville disait que « c'est le seul coin de la terre où habitent des hommes sans vices, sans préjugés, sans besoins. »

20 décembre 1997

R.

Je n'aimerais pas trop que tu gardes la chambre. Avec tous ces tuyaux, tu ressembles à un scarabée sur le dos. Je ne veux pas savoir ce que tu mijotes.

Je t'attends au bout du couloir. Il y a une petite enseigne lumineuse verte et blanche comme dans les théâtres : SORTIE.

Je t'attends là.

B.

21 décembre 1997

R.

— Cook est venu par là le 3 juin 1769 pour regarder Vénus passer sur le soleil. Nous sommes sur la *Terra australis incognita.* Les cartes du XVIIIe siècle le disent encore. Le *Bounty* est en rade. Le capitaine Bligh est venu chercher l'arbre à pain pour nourrir les esclaves des Antilles. Monsieur Christian est sur le pont. Brando s'amuse. À propos de l'arbre à pain, un jour sur ces îles un vieil homme, avant de mourir, voulut faire quelque chose d'étonnant pour les siens. Son peuple avait faim. Il creusa un trou, y mit les pieds puis ne bougea plus. Son torse devint dur, sa peau comme une écorce rude. Ses pieds prirent racines, ses membres s'allongèrent, formèrent dix bras, vingt bras puis des centaines. Ses mains, mille feuilles palmées, offrirent aux affamés les beaux fruits inconnus et c'est ainsi que naquit l'uru, le fameux arbre à pain. C'est aussi fort que de marcher sur les eaux, non ? Ça ne te fait pas rire ?

— Continue.

— Sais-tu que Diderot, que j'ai bien connu, dira dans le supplément au voyage de Bougainville que « l'Europe touche à la vieillesse et le Tahitien à l'origine du monde ». Raison de plus pour faire le voyage et prendre un bain de jouvence. L'éternelle idée folle et stérile de tout recommencer depuis le début. Tout effacer avec la grande gomme. Tahiti ou l'Utopie — mais chacun son paradis. Alain Gerbault trouvait que Tahiti se mourait et Reversy qu'elle avait un parfum de désespoir. « Tahiti Nui tatouée sur nos cœurs avec des aiguilles de nacre. »

Avant d'aller aux Marquises, on va faire escale ici, à Tahiti Nui.

L'escorteur est dans la baie, soldat fidèle, élégant, silencieux, en uniforme gris. Il nous attend.

— On ira voir les chevaux sauvages à Ua Huka ?

— On ira. Ton char ne bouge plus, il s'enlise. On prend la tangente. Je t'attache deux sangles aux épaules. Tu as l'air d'un sac à dos, mon vieux Roland.

— Et nous voilà partis vers les hauts. On va se rapprocher des nuages.

— Il y en a toujours un sur la montagne, comme un chapeau froissé. Savais-tu que Gauguin avait passé son enfance au Pérou ? Il avait la bougeotte lui aussi. Il réembarque à dix-sept ans. Comme moi.

— Hé ! hé !

— N'y vois aucune similitude à part celle-là !

— Je ne vois rien.

— Tu es lourd, je te pose devant la cascade. Tu as soif de lumière.

— Et d'eau claire.

— On a le cul sur un volcan. Un volcan avec un grand collier d'écume. La mer est sage ce jour. J'irai plonger pour toi, je te ramènerai des coquillages pervenche, des anémones, peut-être qu'on pourrait descendre ton char dans le lagon. Un char bathyscaphe pour l'Immobile. Finalement, toi aussi tu as la bougeotte. Dans ta tête, ça vire de bord à chaque lame. Tu as vu ?

— Oui.

— Sensuelle.

— Hein ?

— J'ai dit sensuelle.

— J'avais bien entendu.

— Oui, sensuelle la belle, les femmes naviguent dans le vent comme l'algue sur l'océan. Elles bougent comme la houle. Je n'ai pas le mal de mer. L'ancien marin chaloupe et rêve d'amours lascifs. Les pionniers harassés, assoiffés, gorgés de forces refoulées vécurent ici ces amours-là. Et qu'importe de mourir, pensaient les révoltés du *Bounty* après que le capitaine Bligh les eut arrachés des bras des femmes d'ambre. On a fait un peu de mal ici, la syphilis, la tuberculose, la grippe. La civilisation du vieil Occident se paie sans concession. Elle impose ses certitudes. Elle fourvoie et se fourvoie. C'est toujours trop tard. Nous les marins, nous étions étonnés des cultures disparues. Nos prédécesseurs, les marins découvreurs, les marins défricheurs colonisant par l'amour, initiateurs du métissage, ne voulaient pas flétrir la beauté. Ils ne savaient pas. La civilisation est arrivée comme une vague fatiguée, épuisée.

— Les îles sont trop loin, c'est leur chance.

— C'est faux, rien n'est loin aujourd'hui. Regarde ce magma en bas : bagnoles et chair humaine. Des électrons fous, des molécules qui s'agitent.

— Prête-moi tes jambes, on va redescendre sur le cou du volcan et demain on prendra le bateau. D'île en île, avec l'attente délicieuse, fébrile, de voir à l'aube se dessiner une terre perdue sur l'océan. Emmène-moi aux Marquises.

— Viens, je t'emmène...

— À quoi penses-tu ?

— À l'or de leur corps, « cette peau d'ambre poli dont on ne peut en passant soupçonner la douceur émouvante », disait Gauguin. Il n'a pas pu être un monstre. Il faudra que je te parle de Loti et de Rarahu. Tu l'as vue ?

— Bien sûr que je l'ai vue, avec son petit chapeau du dimanche. Son marin avait l'air fier. Elle t'a regardé un instant avec un sourire éclair et tu as écrit la suite.

— La suite arrive parfois. À chaque escale, tu crois être le seul, l'unique amour. À chaque rencontre, tu crois tenir l'éternité par la taille, mais elle finit toujours par sourire à un autre. L'éternité est libre.

J'ai été ce marin-là. Je connaissais l'éphémère mieux que n'importe quel terrien. La mer désapprend ce que les ports t'apprennent. Elle te reprend où que tu sois. Les amours de port, elle s'en fout. Si tu restes, tu désertes, et tu finis poivrot dans l'unique bistrot des quais. Il n'y a pas d'îles où s'exiler, pas de vallée Taïpi. Alors tu rêves de reprendre la mer pour d'autres éphémères. Le temps s'étire, se détend comme une chair souple. De là-haut on peut voir le bateau de la Royale, immobile, endormi comme un soldat fatigué. Le cargo *L'Aranui* passe la barre, ébloui par l'écume. Sur la petite route, à droite, il y a des flamboyants qui débordent le bitume. Tout sommeille à cette heure, même moi. Seul l'ami immobile a l'œil égaré devant la toile du kinopanorama.

— Et Jacques ?

— Il chante.

— Nous ne serons jamais que des popaas (blancs). Nous ne saurons jamais dire correctement *Aïta Pea Pea*, pourquoi s'en faire ?

— Allume-moi une clope !

— Regarde la goélette, c'est un marchand chinois. J'ai eu à Papeete une fiancée métisse. Maman tahitienne, papa chinois. Je n'oublierai jamais son regard au départ de la *Jeanne*. Mon uniforme blanc était impeccable. J'étais au garde-à-vous sur les passavants, on retirait l'échelle de coupée. Elle me regardait en silence, des fleurs fanées aux creux des mains. Une offrande dérisoire qu'elle jeta sur les eaux pour que je revienne un jour. Le bateau s'est éloigné, je l'ai vue devenir petite, toute petite, et puis disparaître dans la brume de chaleur. J'avais passé des heures aveugles dans sa chevelure de nuit. Je suis revenu l'année suivante, je ne l'ai pas revue. Cette fois, j'ai rencontré Iva. Elle avait du satin au creux des cuisses. Nous avions besoin d'amour sans fin. Elle s'enroulait autour de moi comme un bougainvillier et s'endormait, confiante. Ivre au matin sur les quais, j'attendais la chaloupe. Elle ne lâchait ma main qu'au dernier moment au risque de basculer dans l'eau tiède. Elle souriait, tout aussi heureuse de mon départ que de mon arrivée.

— Il va faire jour, les Tikis nous surveillent.

— Où ça ?

— Partout, les Tikis nous protègent, nous sommes tranquilles.

— Tu parlais de Tahiti, de Otahiti.

— Oui, de la « nouvelle Cythère », Bougainville l'appelait ainsi. Il connaissait la mythologie. Cythère vouée à Aphrodite, déesse de l'amour. Ici, il a vu des Aphrodite partout, ce qui explique ce nom de baptême. Des déesses brunes habillées de gardénias blancs. Les banians sont des cathédrales. Nos prêtres pleins de leurs certitudes ont déclaré tabous l'amour libre, la nudité, les parfums, les rites, etc. Oro régnait sur ses îles, ses femelles, comme un nombril sur l'océan désert. Ton Dieu a-t-il sa place ?

— C'est ton Dieu aussi mais tu ne le sais pas.

— Ah oui ! Je ricane. Tiens écoute ! Monseigneur Dordillon, second évêque des Marquises, qui avait pourtant pondu une œuvre intelligente en la matière d'un dictionnaire, pondit un deuxième œuf, un code pour les indigènes : défense de battre le tambour à la manière païenne, de se passer de l'huile sur le corps, de porter des colliers de fruits de pandanus, des habits couverts d'odeurs, de se tatouer, défense de se baigner nu, etc., etc. Je ne te parle pas de l'amour.

— Rien à voir avec Dieu. Tu me parles d'un con, un crétin. Aussi ouvert qu'un taliban. L'amour est un don, il ne se refuse pas, il se partage. L'amour n'a pas de propriétaire. Ils se sont cachés pour partager l'amour.

— Les hommes blêmes ont converti des crédules. Ils leur ont promis l'espoir et la lumière de vie. Quelle autre lumière que celle-ci sur les îles ? Quel autre paradis ? « Les hommes et les femmes qui remontaient du baptême avaient les yeux morts », disait Segalen. Et le mariage, quelle drôle d'idée ! Et quelles drôles de mœurs. Tristes chants que les nôtres.

— Et c'est reparti.

— Oui c'est reparti, mon vieux, sacrifices humains, repas cannibales, anthropophagie, terre dure. La douceur est un mythe. Mais qu'avons-nous apporté de mieux ?

— J'ai soif d'une Hinano. Une bonne bière, ça te dirait ?

— On ira sur le port avant d'embarquer.

— Tu crois qu'ils nous cherchent ?

— Je m'en fous, c'est pas l'heure.

— Vas-y, défoule-toi ! Ça soulage.

— Je vais finir ma vie dans un faré sous les manguiers et les pandanus au bout d'une allée de frangipaniers face à la mer. Je me nourrirai de poisson cru et d'algues aphrodisiaques. Ça te fait rire.

— Tu vois autre chose à faire ?

— Oui, se laisser caresser par les alizés au couchant.

— J'ai soif d'une Hinano, tu me la feras boire doucement en me lisant *Les Immémoriaux*. J'ai soif de tout, tu sais.

— Je comprends ça. Si le Queen's existait encore, on l'aurait bu là, ta bière, là-bas aussi on avait soif. Segalen et London n'ont pas connu le Queen's, c'était un bar-dancing sur le port. Haut lieu des beuveries et du stupre. C'était une sorte de taverne pour écumeurs des mers, désœuvrés de toutes sortes, Tahitiens alcooliques, filles publiques, marins et soldats de passage. Il fallait marcher baissé pour rejoindre sa table ou la fille convoitée. Les bouteilles d'Hinano volaient dans tous les sens. Coups de poing drus et corps flasques, on tirait les sonnés sur le trottoir. Au matin, il n'y paraissait plus. J'ai vécu cela comme un fantôme, trop jeune pour l'ivresse du désespoir. Le désespoir de quoi, je te le demande. La fille m'épongeait le front en attendant la paix. Il y a toujours un sourire au réveil dans ce pays. Pas facile d'être un homme. Peut-être que je me saoulais pour oublier ce qu'on a oublié.

— Tu sens la vanille ?

— Tout sent la vanille dans ce petit coin.

— Et les Marquises ?

— On y va. Volcans sans colliers d'écume et de coraux. Côtes au vent déchiquetées par les lames d'eau. Du bleu fou bordé de blanc qui frappe la lave noire. Les Marquises sont envahies par les rats.

— On se calme.

D'île en île sans fin. Il faut tant de jours pour aller sous le vent. Le navire est sûr, plein de certitudes lui aussi, pas d'erreurs possible. Il attaque la houle avec une assurance de connaisseur. C'est une nuit d'écume phosphorescente. Les étoiles pleuvent sur l'horizon, la voie lactée est un fleuve d'or. Tu as voulu être sur le pont, dans le silence, avec juste le ronron des machines et l'odeur de mazout. Je t'en avais tellement parlé. Une ombre furtive au bord de la coursive : un matelot prend le quart. Sur la passerelle, le mystère des ordres tranquilles, la vitesse du navire, du vent, le cap, la surveillance de la mer comme une amante fidèle et attentive. Tu ne rêves pas, tu vis. L'officier de quart a une gueule d'acteur. Ce n'est pas *Ouragan sur le Caine,* tout est si calme. Hier, j'ai réussi à te glisser jusqu'à la machine, une véritable expédition entre les portes étanches, les échelles de pont et cette putain de houle qui a failli nous étaler cent fois. C'est là que j'ai servi, oui je sais, t'entends rien, moi non plus. Alors, c'est beau le trou ? Je hurle. Ils ont des gueules sympathiques, nos choufs. Ils sont drogués à la graisse et aux vapeurs de fuel. Il fait trop chaud pour toi, on remonte. La sueur dégouline dans les yeux. Humphrey Bogart tape le carton avec Gabin et Spencer Tracy ronchonne après un quartier-maître. C'est pas du studio, on va prendre l'air.

Et puis une aube...

Oviri est sur la tombe du sauvage à Atuona, celle de Jacques aussi. Gauguin a débarqué ici d'une baleinière avec meubles et chevalets. C'était en 1901.

— Le fou qui peignait follement, le peintre des poètes a volé les jaunes et les rouges. Nous les retrouverons. J'ai dit *fou* ? Oui. Tout le monde est fou au pays des sages. Les découvreurs de la mer, les assoiffés d'idéaux. Tous fous, je te dis, et nous avec.

— Emmène-moi.

— Qu'est-ce que tu dis ?

— Emmène-moi.

— Mais on y est, mon vieux.

— Non, emmène-moi à la maison du jouir, puis à celle du chef et de cette drôle de femme qui guérit avec ses pieds et ses longs cheveux noirs qu'elle glisse sur la peau des malades. C'est peut-être ta fiancée de Papeete.

— Le poète est mort, il nous manque.

— Segalen a raté Gauguin. Il était mort depuis trois mois.

— Jack London est passé en 1907.

— C'était un beau bateau comme celui de Stevenson ?

— Peut-être, mais toi, l'Immobile qui bouge, si tu pouvais courir la planète, peindre, sculpter, qui serais-tu ?

— Chante.

— Je ne sais pas chanter, mon vieux. La couleur est musicale alors je regarde les peintres qui chantent et j'écoute les chanteurs qui peignent.

— Jacques aussi a peint les Marquises. Le tatouage était l'habit du marquisien. Ceux qui n'en avaient pas manquaient de charme.

— J'aime mieux sans.

— Va savoir, ta culture t'encombre

— Qu'est-ce que c'est ?

— Un gygis, une sterne blanche. Elle pond un œuf unique qu'elle pose sur une branche n'importe où. Pas de nid.

— Libre.

— Herman Melville a déserté avec un autre marin pour se réfugier dans une de ces vallées. Il fut recueilli par les Taïpis cannibales. Je te raconterai son histoire un soir que nous aurons trouvé un endroit sans fâcheux, comme disait Molière. Il y a toujours un enquiquineur quelque part. Ma mère adorait ce mot. Il nous enquiquine, celui-là. Je croyais toujours qu'elle parlait d'un moustique. Qu'est-ce que je disais ?

— Je fatigue.

— C'est moi qui porte.

— Oui, mais c'est moi qui fatigue.

— Alors, on pose.

— Toi aussi, pose-toi. Assieds-toi, ne bouge plus, un instant, juste un instant, pour une fois.

— Je me pose.

— Tu prends beaucoup de place dans le paysage.

— Merci.

— Non crétin, je voulais dire que les Marquises sans toi, je m'en fous.

— Et moi, sans toi je ne serais pas revenu. Tu vois, j'ai dansé là, près de cette petite église. Il y avait un orchestre de village avec guitare, yukulélé et tambour païen. J'ai dansé avec les femmes. J'ai respiré leur parfum, leur jeunesse. J'ai traversé la montagne à cheval comme un conquistador de l'amour. Un gendarme en short blanc m'accompagnait. Et puis j'ai retrouvé l'odeur de graisse et de peinture fraîche. Les machines sont enivrantes à leur manière. Il y a dans le trou des gueules ensommeillées, en sueur, le ronron des quarts, les rêves en morceaux, avec l'idée qu'un jour on reviendra pour ne plus repartir. Et puis les mers nous séparent, on s'oublie d'un hémisphère à l'autre.

Toi, tu regardes les images, le livre d'Oviri, les dessins, la *Femme au mango*. Tu regardes au-delà, tu es déjà parti.

B.

Paris, 24 décembre 1997

Notre rêve ultime aurait vraiment pu nous emmener aux Marquises. Il aurait pu.

J'ai peint ce dernier voyage à notre manière, avec les images du grand Sud, les terres des premiers matins, l'archipel du bonheur.

Nous avons rêvé à deux, Roland, sur ton initiative, comme toujours. Nous avions ensemble commencé un petit entraînement, une virée en bateau à voiles vers les côtes de Vendée. Oui, je sais, ce petit bout d'Atlantique n'est pas le Pacifique et Ré n'est pas Nuku Hiva. Mais qu'importe ! Les Marquises, ce n'était pas si loin après tout. Tu nous as dit : « Vous voyez les gars, ce qui me fait le plus plaisir, c'est de voir mon fauteuil qui s'éloigne sur la plage, tout seul, sans moi dedans. Il s'ensable. » Nous avons navigué jusqu'à ce qu'il disparaisse, ce foutu char... Et puis... il a bien fallu revenir.

Tu as décidé de t'en séparer définitivement et de voyager libre comme les papillons du silence.

Je comprends, c'était trop fort.

Les Marquises doivent être belles de l'autre côté du monde. Une perle chaude en notre hiver. Un archipel, un collier de fleurs sur l'émeraude. C'est un chant sur le Pacifique. Pacifique, la paix enfin ! Mon vieux Roland, je voudrais voir ta gueule, face au large, le sourire de traviole comme un clin d'œil du cœur, la cigarette au bec comme Prévert, le nez dans les étoiles.

Aïta Pea Pea — Pourquoi s'en faire ?

B.

DANS LA MÊME COLLECTION

Adam Olivier, *Des vents contraires*
Adler Elizabeth, *Rendez-vous à Venise*
Amouroux Henri, *La vie des Français sous l'Occupation*
Aubrac Lucie, *Ils partiront dans l'ivresse*
Bellemare Pierre, *Les grands crimes de l'histoire*
Berry Steve, *La prophétie Charlemagne*
Boileau-Narcejac, *Celle qui n'était plus*
Boissard Janine, *Histoire d'amour*
Bordes Gilbert, *La couleur du bon pain*
Bordes Gilbert, *Le roi en son moulin*
Bourin Jeanne, *La chambre des dames*
Chapsal Madeleine, *Le foulard bleu*
Charrière Henri, *Papillon*
Clavel Bernard, *Meurtre sur le Grandvaux*
Clerc Christine, *Les de Gaulle, une famille française*
Connelly Michael, *À genoux*
Connelly Michael, *Le Poète*
Connelly Michael, *Echo Park*
Deforges Régine, *La bicyclette bleue*
Despaulis, Marchand, *Le dernier secret de Jacques Chirac*
Diwo Jean, *Le printemps des cathédrales*
Drucker Michel, *Mais qu'est-ce qu'on va faire de toi ?*
Dubos Alain, *La mémoire du vent*
Duperey Anny, *Allons voir plus loin, veux-tu ?*
Duperey Anny, *Les chats de hasard*
Duperey Anny, *Une soirée*
Duquesne Jacques, *Marie*
Fouchet Lorraine, *Le chant de la dune*
Frain Irène, *Secret de famille*
Gallo Max, *La baie des Anges*
de Grèce Michel, *La femme sacrée*

Hébrard Frédérique et Velle Louis, *Tant qu'il y aura des chats ... dans une famille*
Higgins Clark Mary, *Toi que j'aimais tant*
Higgins Clark Mary, *Une seconde chance*
Higgins Clark Carol, *Bien frappé*
Humbert Vincent, *Je vous demande le droit de mourir*
Indridason Arnaldur, *La cité des jarres*
Jacq Christian, *La franc-maçonnerie*
Japrisot Sébastien, *Un long dimanche de fiançailles*
Jeury Michel, *La petite école dans la montagne*
King Stephen, *La petite fille qui aimait Tom Gordon*
Lanoux Victor, *Laisser flotter les rubans*
Lenteric Bernard, *Les maîtres du pain*
Magnan Pierre, *La maison assassinée*
Mankell Henning, *Les chiens de Riga*
Mankell Henning, *L'homme qui souriait*
Michelet Claude, *Les défricheurs d'éternité*
Michelet Claude, *Rocheflame*
Mille Raoul, *La Belle Otero*
Montagné Gilbert, *J'ai toujours su que c'était toi*
Montupet Janine, *Quatre saisons parmi les fleurs*
Murakami Haruki, *La course au mouton sauvage*
d'Ormesson Jean, *Voyez comme on danse*
Pancol Katherine, *Encore une danse*
Provis Martine, *La soupe aux cailloux*
Ryan Cornelius, *Le jour le plus long*
See Lisa, *Fleur de neige*
Segal Erich, *Love Story*
Shariff Samia, *Le voile de la peur*
Signol Christian, *Mes romans de l'enfance*
Signol Christian, *Les chênes d'or*
S.S. le Dalaï-Lama, *Conseils du cœur*
Vincenot Henri, *La Billebaude*
Wieviorka Olivier, *Histoire du débarquement en Normandie*
Williamson Penelope, *La passion d'Emma*

Cet ouvrage a été réalisé par Patrick Leleux PAO
14000 Caen

Cet ouvrage a été imprimé en France par

CPI
BUSSIÈRE

à Saint-Amand-Montrond (Cher)
en mars 2014

N° d'impression : 2008485
N° d'édition : 2014-04-0
Dépôt légal : avril 2014
ISBN : 978-2-36559-073-0